やがてラブコメに至る暗殺者
駱駝
ill. 塩かずのこ

Contents

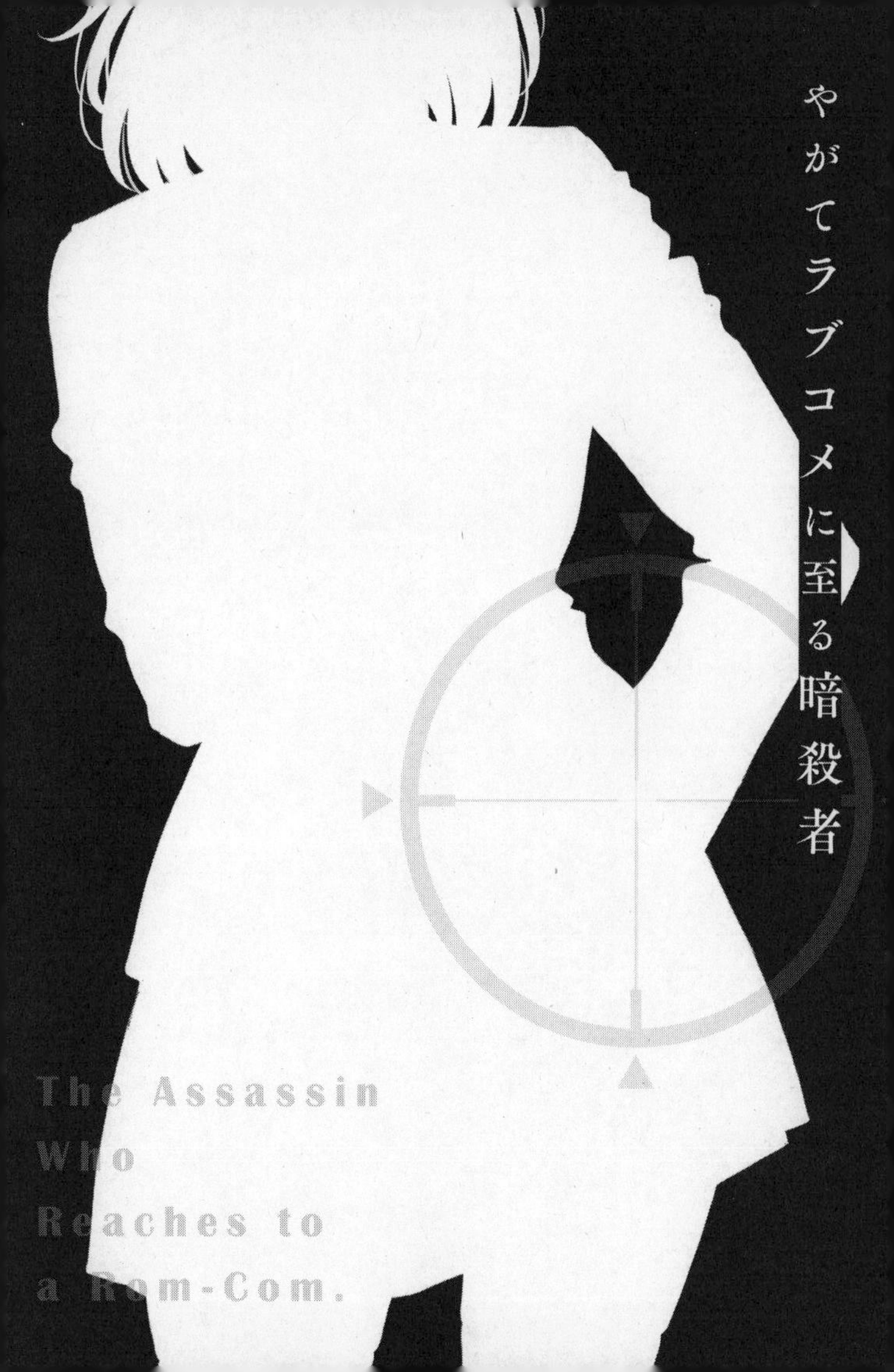
やがてラブコメに至る暗殺者
The Assassin Who Reaches to a Rom-Com.

プロローグ
Happy Ending

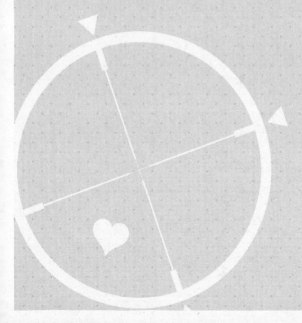

鳳《おおとり》エマという少女について、話しておこう。

日本人とイギリス人のハーフ。二学期の始まりに、イギリスからやってきた転校生。

ああ、勘違いをするなよ。『留学生』ではなく、『転校生』だ。どちらにせよ同じ学《まな》び舎《や》で過ごすのだから、違いなどあってないようなものだが、とにかく転校生。

家族の仕事の都合で、俺の通う私立直正高校《ちょくせいこうこう》へとやってきた。

彼女の第一印象……とびきりの美人。どこの高名な芸術家様がこねくりまわして作ったのだと言いたくなるような整った顔立ち。世界最高峰のサファイアをそのまま埋め込んだかのような碧眼《へきがん》は優しさと気高さを内包し、優雅になびくプラチナブロンドの髪は、甘く優美な香りを鼻孔へと届けてくれる。人は外見ではなく中身が大切なんて言葉は、エマを前に言えてこそ初めて成り立つのかもしれない。勉強や運動に関しては、平均より少し上程度。ただし、イギリス育ちが功を奏して、英語だけは好成績。特技は、チェス。イギリスにいた頃に、向こうで行われた大会でも優勝した経験があるとか。

最後に性格だが、もちろんいい。外見のおかげでよく思えるのではなく、普通にいい。

ユーモアと愛嬌《あいきょう》に溢《あふ》れた性格。年相応の女の子らしく、からかわれると少しムクれるところも悪くない。ようするに、外見だけではなく性格も完璧ということだ。

そんな少女が突然転校してきたものだから、直正高校《ちょくせいこうこう》では軽いフェスが開催された。

——とんでもないイギリス美人がやってきた！

男も女も教師も生徒も、とにかく大量の有象無象が彼女の下へと押し寄せた。

もちろん、俺も有象無象の一人。大急ぎで彼女の姿を拝みに行った。

ただ、残念なことに俺は彼女と違うクラスだったので、会話をすることはおろか、人の壁に阻《はば》まれてその姿を見ることすら叶《かな》わなかった。こういう時、平凡な立場というのは憎らしい。

が、今までコツコツと辛《つら》い努力を重ねて、平凡な人生を歩んできた俺に神様がご褒美《ほうび》でもくれたのか、ある日幸運が舞い降りる。俺は、鳳《おおとり》エマと交流する機会を得たのだ。

三学期の始まり。冬休み《インターバル》のおかげで、直正高校《ちょくせいこうこう》のエマフェスも落ち着いてきた頃。

その日は、太陽が世界でも祝福しているのではないかと言いたくなる程に天気がよかった。

日課の校内探索をしているだけで、気分も晴れやかに（屋内なので特に影響はないが）。

そんな中、俺は見てしまったんだ。鳳《おおとり》エマが、単身屋上へ向かうのを。

追う、追わない。瞬時に「追う」を選択。俺は、屋上へと向かった。

彼女を屋上で見かけた瞬間、照り輝く太陽に匹敵するであろう熱が俺の全身から発せられ、オーバーヒートで一時停止。声をかける、問答無用で襲い掛かる。

さすがにモラルがなさすぎる。後者の案は即座に棄却して、前者の案を採用。

「その、なんでこんな所に？」

全身の勇気を総動員して、俺は鳳《おおとり》エマへと声をかけた。

「え？　貴方《あなた》は……久溜間道《くるまみち》シノ君⁉」

「…………っ！」

あの鳳《おおとり》エマが、俺の名を知っている。

たったそれだけで、俺は自分が特別な人間になれたかのような錯覚を起こしていた。

「嬉《うれ》しい……。ずっと、貴方《あなた》と話してみたかったの……」

心臓がかつてない程に荒々しい鼓動を奏《かな》でる。鳳《おおとり》エマの姿を凝視する。

膨らんだブラウスの内側。その胸部には、いったいどんな危険な武器が……違うだろう。

「ねぇ、久溜間道《くるまみち》君。折角、こうして会えたんだし、その……」

「少し、話さないか？」

「……っ！　うん！」

そこから紡《つむ》がれたのは、まるで中身のない大きな意味を持つ会話。

お互いのテンポ感が合っていたからか、鳳《おおとり》エマとの会話は想像以上に楽しかった。

「あっ！　お昼休み、もう終わっちゃうね……」

「そうだな……」

夢の時間《ひるやすみ》も終わりに近づき、そろそろ教室に戻ろうかと二人で立ち上がった時だ。

鳳《おおとり》エマが、俺の手を掴《つか》んだ。

「あ、あのさ、久溜間道《くるまみち》君……ううん、シノ！」

「なんだい、鳳《おおとり》さん……いや、エマ！」

妙な緊迫感が屋上に流れる。やるのか？　やってしまうのか？

「これから、私と仲良くして、くれない、かな？」

「……お、俺で良ければ！」

以来、俺とエマは友人になった。

ただし、交流をするのは屋上で二人の時だけ。それ以外の場所……例えば、廊下ですれ違った時などは一切の会話はなし。クラスも違うので、授業での交流もゼロだ。

そんな少し特殊な関係だったからか、普通に会話をするようになってから二週間もの時間を要して、ようやく連絡先を交換できた――にもかかわらず、つい警戒心を高めてしまい、一度も連絡をしたことがないのだから情けない話だ。関係性の進展など、当然なし。

俺とエマは屋上で会えば話す良き友人として、一年生最後の三学期を過ごしていった。

で、話は二年生の一学期になるわけだが……

◇

その日のエマは妙だった。廊下ですれ違った時はやけにそわそわとした様子だったし、天気がよかったにもかかわらず昼休みの屋上に現《あら》われなかった。

もしかして、何かやってしまっただろうか。不安に駆られながら校舎を後にする。

すると、校門の前で一人の少女が俺を待っていた——エマだ。

「シノ、一緒に帰らない？」

即了承。

帰り道。普段、学校では慣れてきたこともあって会話が弾むのだが、別の環境だとダメだ。ろくな話題を思い浮かべることもできず、ただただ黙って彼女の隣を歩き続ける俺。

冷静さを装うも、内心は気が気じゃない。

ネガティブな感情が溢《あふ》れ続け、最悪の事態を想定する。

「ねぇ、シノ。少し、そこの公園に寄っていかない？　その、大切な話があって……」

警戒心がより高まる。いったい、何を話すつもりだ？

まさか……。いや、落ち着け。まだ、そうと決まったわけではない。

「ああ。分かった」

できる限り冷静にと心へ訴えながら、俺はエマの指示に従い、ベンチに腰を下ろす彼女の右側に座る。だが、指示に従ってもエマの言葉が続くことはない。

エマは無言のまま、プラチナブロンドの髪をクリクリといじっているだけだ。

「あのっ……！　うぅ……！」

何度か口を開こうとしては、また沈黙。

まだだ……。まだ俺から行動すべきではない。

「そのね……。今日までシノと過ごしてて思ったの……。シノって、いつも一生懸命だなって。たまにちょっと変なところはあるけど、その不器用さがシノの優しさに感じて……」

いったい、エマは何の話を――心の中で、無理やりとぼける。

一つの可能性を思い浮かべながらも、勘違いであった時の保険のためだ。

「だから、その優しさをもっと私に向けてほしい。えっと、その、つまりね……」

エマの顔が近づいてくる。ゆっくりと、それでいて確実に。

まさに恋する乙女の表情だ。彼女のまつ毛がこんなにも長いことを今知った。

そして、互いの吐息がかかる距離まで近づくと、エマはグッと瞼《まぶた》を閉じた。

自然と拳を握る力が強くなる。そんな最高潮の緊張感の中……

「私、シノが好き！　もう友達じゃいや！　これからは、恋人としてそばにいたい！」

もしかしたら……。そんな思いはあった。

しかし、いざその言葉を告げられると、頭の中は空っぽになってしまった。

気の利《き》いた言葉も言えず、餌をもらう魚のように口を開閉するだけ。情けない限りだ。

「ダ、ダメ?」

涙で光沢を得たサファイア色の瞳が、俺の心臓を鷲摑《わしづか》みにする。

都合のいい夢かとも疑いたくなるが、今、この公園にいるのは俺とエマだけ。加えて、彼女の口から発せられている名前は間違いなく俺——久溜間道《くるまみち》シノのものだ。つまり、現実。

「ダメ、じゃない、ぞ」

なんて無様な返事だ。驚天動地の事態に混乱した思考は、自分の気持ちを伝えることよりも先に、男のプライドを守る言葉を選んでしまった。

「あぁ……っ! よかった!」

だが、その返答でエマは充分に満足したのだろう。喜びは動きに、感極まったエマが俺の胸に飛び込んできた。ゆっくりと慎重に、彼女を抱きしめ返す。

「貴方《あなた》の総《すべ》てを、私に下さい……」

久溜間道《くるまみち》シノと鳳《おおとり》エマは、恋人になった。

第一章 シノとエマ

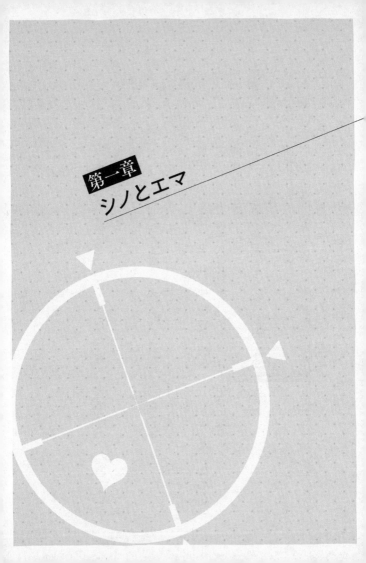

もし、人生において幸運の総量が決まっているとしたら、俺——久溜間道《くるまみち》シノの幸運はもう全て使い切られてしまったかもしれない。

鳳《おおとり》エマと恋人関係になった。信じられるか、あの鳳《おおとり》エマだぞ。

多い時は、週に一〇人近くの異性から愛を伝えられる、我が直正高校《ちょくせいこうこう》の女神。

そんな女神が、恋人になってほしいとお告げになったのだ。こんな俺に対して、だ。

俺のことを学校で聞いたら、誰もがこう言うだろう。「平凡な奴《やつ》」とな。

学校の成績は、勉強も運動も並。将来の目標は『平穏な日常』……ここは、逆に高校生らしくないかもな。高校生なら、もっと壮大な目標を持っておいたほうが良《い》い気がする。

目標修正。将来の目標は『世界平和』とでもしておこう。

世界が平和になれば、平穏な日常が過ごせる。まぁ、似たようなものだ。

「大丈夫……。まだ大丈夫なはずだ……」

高揚感と不安に翻弄されながら、通学路を歩く。

エマに告白されたのが先週の金曜日。そこから土曜日か日曜日に彼女をデートに誘うなどすればよかったのだが、不幸にも両日予定が立て込んでいた。

土曜日は、送別会。近所に住む田辺《たなべ》さん夫婦が海外に行くということなので、粛々と新たな門出を祝福した。日曜日は、引越しの手伝い。田辺《たなべ》さんの家に向かい、彼らの海外渡航の準備を手伝った。ご近所付き合いも大変だ。

もちろん、メッセージ等でエマと連絡は取り合っていたが、彼女に会うのも声を聞くのも、あの日の公園以来だ。大丈夫だろうか？　ないとは信じたいが、最悪の事態も……

「シノ、おはよう！　こんなに早く来てくれるなんて……私、嬉《うれ》しい！」

どうやら、俺の幸運にはまだ残量があったようだ。

シルクのように美しい肌をほんの僅かに紅潮させて、駆け寄ってくる少女は鳳《おおとり》エマ。胸部に危険な武器を潜ませ……こほん。とても綺麗《きれい》な、俺の恋人だ。

「おはよう……。エマ」

大丈夫だろうか？

まさか、いきなりここで……いや、その事態を避けるためにも最善の限りを尽くすんだ。

「……ふふふ。毎日会ってたはずなのに、何だか初めてシノの顔を見ているみたい」

不安を要因とした緊張が消えると同時に、あまりの美しさに新たな緊張が生まれた。

「俺もだよ……。なんというか、前よりもずっとエマが特別に見える……」

「シノ……」

「と、とりあえず、行くか！　このままだと遅刻してしまうからな！」

「うん！　その……、これからもよろしくね、シノ！」

エマと共に並んで歩く。たったそれだけの行為で胸の動悸《どうき》が激しくなる。

「あっ……」

瞬間、俺とエマの手の甲が触れ合った。

やるか？　しかし、拒否される可能性も……ええい、恐れてどうする。

「い、嫌だったら、言ってくれ！」

「……っ！　嫌じゃないよ……」

ありったけの勇気を込めて、俺は自分の右手でエマの左手を摑《つか》んだ。お互いの手の平を合わせるシェイクハンド繋《つな》ぎ。さすがに、指を絡《から》めての恋人繋《つな》ぎに挑戦するのは危険だ。

あぁ、思った以上に小さな手だな……。

…………

……

人には慣れがある。公園で合流した時は緊張して何を話せばいいか分からなかったが、手を繋《つな》いでエマと歩いているうちに徐々に気持ちが落ち着いてきたのか、気がつけば俺達は、いつも学校で話すような、とりとめのない会話を始めるまでに至っていた。

「エマは、休日をどんな風に過ごしているんだ？」

もちろん、そんな些細《ささい》な会話の中でも情報収集は欠かさない。当然のことだ。

「えっとね、休日はお散歩をしていることが多いかな。まだ転校してそんなに経《た》ってないから、少しでもこの辺りに詳しくなりたくて」

「散歩か……。なら、俺も一緒に……こほん。どこかオススメの場所はあるか？」

「私が欠かさず行くのは鳳頼寺《ほうらいじ》。静かで落ち着いた場所なの」

鳳頼寺《ほうらいじ》……駅から少し歩いたところにある、大きめの神社か。

「だ、だから！　今度、シノと一緒に行きたいなぁ……」

「是非、そうさせてほしい」

瞬《まばた》きよりも早く、返答。二人で神社に行く。つまり、これは……クックック。

思いの外早く、チャンスはやってくるかもしれないな。

しかしだ。神社に足しげく通っているということは……

「何か叶《かな》えたい願い事があるのか？」

「え？　あっ！　それは……その……」

エマが頬を朱色に染め、遠慮がちに俺を見つめてきた。

「た、大切な人と、ずっと一緒にいられますように……って……」

「それって……」

「うん……」

エマが俺を見つめながら、繋《つな》いだ手を強く握りしめる。俺も同じ強さで握り返した。

「あ、あと！　映画もよく観《み》るの！　配信サイトで週に一本は絶対に！」

「そうか！　なら、エマの好きな映画は？」

互いに、恥じらいを打ち消すような大きな声を出した。

「アベンジャーズが大好き！　シリーズがいっぱいあるから大変だけど、全シリーズ観《み》た後にエンド・ゲームを観《み》た時はすっごく感動した！　特に好きなのは、アイアンマン！　大企業の社長さんなのに、世界を守るヒーローなんて、かっこいいよね！」

「あのシリーズは、俺も全部観《み》ているよ。確かにエンド・ゲームは最高だったな。その中でも……俺もアイアンマンが大好きだ」

「だよね！　やっぱり、アイアンマンだよね！」

「『特にアイアンマンだと……』」

俺とエマの声が重なる。そして……

「世界を救うために、自分を犠牲にする姿が素晴らしかった」

「いったい、誰がアイアンマンの莫大《ばくだい》な遺産を引き継ぐのか、すっごく気になっちゃう！」

「『ん？』」

どうやら、同じ登場人物が好きだとしても、俺とエマでは着眼点が異なるようだ。

「あー……えーっと、次はシノ！　私、シノの話が聞きたい！」

いけないいな。エマを知りたい気持ちが先行して、自分のことを伝えるのを失念してしまっていた。お互いに手の内をさらけ出す。恋人同士の基本……なのだと思う。

「そうだな。何が知りたい？」

「えっ！　……なら、その……」

まったく……。そんなに顔を赤らめてモジモジしないでくれ。

「シノの好きな映画を教えてほしいな」

それぐらいお安い御用だ。

「俺の好きな映画は、ミスターアンドミセススミス。夫婦のやり取りが最高に面白いぞ」

「そうなんだ！　じゃあ、すぐに観《み》るから、観《み》終わったら一緒に感想会をしようね！」

「ありがとう。楽しみにしているよ」

それから先も、俺達はとりとめのない会話を続けながら、直正高校《ちょくせいこうこう》へと向かっていった。

◇

「はっ！　ちょっ！　ど、どういうことだよ？」

「うっそぉ……。信じられない……」

「えぇぇぇ!!　エ、エマちゃんが、男と手を繋《つな》いで……それって、つまり……」

学校に到着すると同時に、俺達はとてつもない注目を浴びることになった。

原因は一つ。エマが、俺という男と二人で手を繋《つな》いで登校してきたからだ。

「うぅ……。なんだかすごく注目されてる気がする……」

「手は、放さないぞ」

「う、うん！　この、まま！」

首を激しく縦に振り、さっきよりも強く手を握りしめてきた。

「シノがそばにいてくれる……。私はシノのそばにいるんだから……」

そばにいる、か……。そうだな、恋人として、俺はエマのそばにいる。必ずだ。

「はぁ～。エマちゃん、なんであんな奴《やつ》なんだろ？　もっといい男いるじゃん」

「海外育ちが長かったから、私達とは感性が違うんじゃない？」

興味があるのは分かった、俺に思うところがあるのも分かった――が、俺とエマの後ろをついてくるのはやめてくれ。大名行列ができあがってしまっているじゃないか。

……………

……………

「じゃ、じゃあ、ここで……」

「ああ」

俺とエマを先頭にした大名行列は、彼女のクラスの前で一度停止。残念なことに二年生のクラス替えを経ても、俺とエマは違うクラス。なので、ここからは別々の時間を過ごす。

大名行列もさすがに教室の中まではついてくるつもりはないようで、ある者は肩を深く落としながら、ある者はどこか軽快なステップを踏みながら、喜怒哀楽でいうところの『哀』と『楽』の感情を目立たせて散っていった。

「エマ、その……」

「シノ、お昼休みはいつもの場所でね」

もしかしたら、俺の命日は今日かもしれないな。気を引き締めてかかろう。

…………

……

「俺の心のオアシスが、枯れた……。喉を潤したいな。……主に血液とかで」

「春なのに寒い……。こういう時は暖を取りたいよな。……主に血液とかで」

教室。窓際《まどぎわ》の前から三番目の自席へと腰を下ろすと、ヴァンパイア思考のクラスメートが、熱い視線を送ってきているが気のせいだろう。別段、俺は彼らから恨みを買うことなど――

「そういや、今朝のニュース見た？　光郷《こうごう》グループの創始者が死んだらしいじゃん」

「見た見た。あんだけすごい人が死んだんだし、うちのクラスから一人くらい死人が出ても、特にニュースにもならなくて、罪に問われなくね？」

「お前、頭いいな」

俺もそのニュースは見たぞ。世界的な大企業の創始者が亡《な》くなったのだから驚きだ。

折角だし、同じ話題で盛り上がるのは……やめておいたほうがいいだろうな。

「おいおい、シノシノ！　おいおいおい、シノシノシノ！」

殺気溢《あふ》れる教室に滞在すること三分。朝練を終えた上尾《かみお》コウが俺の下へとやってきた。

男にしては小柄なほうだが、そのデメリットを甘いベビーフェイスでメリットへと変換しているバスケ部の男だ。

「ああ、付き合っているぞ」

「まだなんも聞いてないのに、答えを返すなっ！」

質問が顔に書いてあったからな。余計な会話をするよりは効率的だろう。

「……で、マジ？」

「マジだ」

「かぁ〜！　マジかぁ〜！　そうか、マジかぁ〜！」

面白い動きだな。元気すぎるチンアナゴといったところか。

「んん〜！　何とも複雑な気分っ！」

「コウ。お前、エマが好きだったのか？」

「シノ、目が怖い」

「いいから、質問に答えろ」

「そういうわけじゃないから、安心しろって。ただ……、何ていうかな？　身近な奴《やつ》が宝くじで一等を当てたのを知った感じ？」

なるほど、分かりやすい。

「いやぁ～。山田《やまだ》さん、泣くだろうなぁ～」

ちなみに山田《やまだ》というのはサッカー部のキャプテンだ。

大して重要でもないし、紹介は軽く済ませるぞ。

山田《やまだ》さん、モブキャラ。以上。

「とりま、おめでとさん！　うらやましいぞ！」

「ありがとう」

「うちは特に祝う予定はないけど、詳しい事情は聞きたいな～。ねぇ、シノちゃん？」

俺達が男の友情に花を咲かせていると、そこに割り込むように藤峰《ふじみね》アンが現《あら》われた。

スレンダーで凹凸の少ない体形に関しては賛否が分かれるところではあるが、その脚線美は大いにあり。男子高校生なんて、顔か胸か脚線美のどれかが整っていれば、すぐに食いつく。

「詳しくも何も、俺だってまだ分からないことだらけだ」

「だとしても、うちに報告がないのはおかしくな～い？　これでも、幼馴染《おさななじみ》じゃん？」

「中学時代からの知り合いは、幼馴染《おさななじみ》にカテゴライズされるのか？」

「おおっ！　恋人ができたところで、幼馴染《おさななじみ》の女が参入！　これは面白くなってきた！」

「それ言うと、同じ中学から来てる子って、もう一人いるんだけど？」

「つまり、四角関係ってこと？」

「「なわけあるか」」

偶然にも、藤峰《ふじみね》と声が重なった。

「ひどっ！　俺、同じ中学の奴《やつ》って一人もいないから、寂しいのに！」

「まぁ、アホ漫画脳のコウはいいとして、とりま教えてよ。どっちから告ったん？」

「ああ。それは……」

質問に答えようとした瞬間、クラスの注目（主に男子生徒）が集まっているのに気がついて、一度言《い》い淀《よど》んだ。全員、耳が象のようになっている気がする。

「あれれぇ～？　シノちゃん、どうしたのかなぁ～？」

この女、絶対に分かって言っているな……。

「……………エマからだ」

できる限り小声で、二人にだけ聞こえるようにそう告げた。

「「はぁ～!?　シノ（ちゃん）からじゃないの!?」」

響き渡るコウと藤峰《ふじみね》の声。同時に、教室内で机を殴打《おうだ》する音が複数箇所から激しく響いた。

さらば、俺の気遣い。

「こりゃ、面白い！　そんで、あの天使ちゃんにシノちゃんはなんて告られたん？」

「答える義務はない」

これ以上、男子生徒から怒りを買ってたまるか。

「へぇ～。うちにそういう態度とっちゃうんだ～？」

「ぐっ！」

「天使ちゃんに言っちゃおうかなぁ？　シノちゃんの中学時代の恥ずかしい話とか……」

以前からの知り合いというのは、本当に厄介なものだ……。

「不器用ながらも、一生懸命なところが良《い》いと言ってもらえた」

「わおっ！　超青春！　シノちゃんったら、そんなこと言われちゃったの⁉」

「やべっ！　めっちゃ楽しくなってきた！　なぁ、それでシノは何て返事を――」

「あのさ～、久溜間道《くるまみち》君、上尾《かみお》君、藤峰《ふじみね》さん」

「「「ん？」」」

背後から気だるげな声が響く。振り向くと、そこには一人の男が立っていた。

乱れた髪に丸まった背中、活気という言葉と正反対に位置するような瞳。

しかし、今の俺にとっては救いの神と同義のような存在だった。

「おっ！　のっさん、おはよっす！」

「のっさん、おは～」

「ありがとうございます、能美《のうみ》先生」

現《あら》われたのは、男性教員の能美《のうみ》先生。俺達のクラスの担任だ。

「挨拶をしに来たわけじゃないんだけど……。あと、久溜間道《くるまみち》君はどうしてお礼を……」

「危機的状況を救ってもらえたからです」

「わけわかんね……」

めんどくさそうに後頭部をかくと、呆《あき》れた眼差《まなざ》しを俺達へと向けた。

「HR《ホームルーム》が始まる時間だから、さっさと席について」

「ほいほ～い。シノ、またあとでな！」

「ちぇ、ざんねぇ～ん。ほんじゃね、シノちゃぁ～ん」

能美《のうみ》先生からの不平を意にも介さず、二人は自席へと向かっていった。

「はぁ……。めんどくさ……」

藤峰《ふじみね》とコウを眺めて、一言文句をこぼす能美《のうみ》先生。

そういった発言は教師としてはまずいのではと思ったが、ルールを破っていたのは俺達だ。

「…………」

ん？　なぜ、能美《のうみ》先生は教壇に向かわず、俺を見つめているのだろう？

「どうかしましたか？」

「おめでと。職員室でも、君の話でもちきりだったよ」

もう教師にまで話が回っているのか。いったい、エマの人気はどれだけ……。

「別に校則で恋愛は禁止されてないけどさ、節度を持った付き合いをしてね。何かあったら、僕の責任になってダルいから」

「えっと……、分かりました」

「じゃ」

端的に用件を伝え終わると、能美《のうみ》先生は丸めた背中を向けて教壇へ。

「HRね。今日は――」

節度を持った付き合い、か。高校生という身である以上、それが当然なのだろう。

が、しかしだ。この俺が、節度のある付き合いで満足すると思うか？

相手は、あの鳳《おおとり》エマだ。高校生らしい、節度を持った付き合いなど断じて拒否する。

俺が目指すのは、節度の先。あんなことやこんなことを、エマに対して必ずしてみせる。

もちろん、今すぐにではないが、いずれは……クックック。

◇

「シノ、ごめんね！　少し授業が長引いちゃって……」

「大丈夫だ。俺も今来たところだからな」

昼休み。屋上へ息を切らしてやってきたエマを、俺は笑顔で迎える。ここは恋人になる前から、天気のいい日は欠かさず二人で昼食をとっている、俺達にとって少し特別な場所だ。

まったく、昼休みまで色々と面倒だったな。

「鳳《おおとり》エマに恋人ができた」というウイルスは、瞬く間《またたくま》に直正高校《ちょくせいこうこう》中に広がり、激しいパンデミックを引き起こし、ウイルス源である俺のところには多くの生徒がやってきた。

ほとんどの生徒が話しかけるのではなく、どんな奴《やつ》かを確認するためだったが。

なんで、あんな男が恋人に選ばれたんだ、だとさ。

ただ、感染者達はある一定以上ウイルス源に近づくつもりはないようで、屋上にいるのは俺とエマのみ。入口のドアの向こうには……五人はいるな。一応、警戒はしておくか。

そんなことを考えながら、弁当を取り出すと、

「……あっ！」

エマにとって予想外の事態が起きたようで、何やら狼狽《ろうばい》している。

こんな彼女が見られるのも、恋人の特権なのだろう。

「うぅ……っ！　どうしよう……」

体をもじもじさせる仕草が、胸部に潜めている武器の形をより鮮明に……って、違う。

すぐに意識をそちらへ向けるな。今、エマに聞くべきことは……

「どうかしたのか？」

俺の持ってきている弁当をチラチラと確認している時点で、エマが何を言いたいかは予想できたがあえての質問。勘違いだった場合、少々恥ずかしいからだ。

「その、実はシノにお弁当を作ってきたの。でも……」

「当然食べる」

用意していた答えだが、心の底から沸き立つ感情のままに言えた。

「いいの？　シノ、お弁当持ってきているし……」

「エマが作ってきてくれた弁当が最優先に決まっているじゃないか」

「あ、ありがとう！　じゃあ、これを……」

ピンク色の布に包まれた弁当箱を受け取ると、俺は慎重に……爆発物を扱うような手つきで包装を解いていく。そして、中身を刺激しないよう、ゆっくりと丁寧に蓋を取り外すと、

「サンドイッチか……」

目の前には、色鮮やかなサンドイッチが広がっていた。「なら早速」という言葉よりも僅かに早く手を動かし、サンドイッチを口へ運ぶ。

「……うん。これは……」

「……ど、どう？」

柔らかなパンを噛《か》むと、しみ込んだソースが口内に広がっていく。

どこか懐《なつ》かしく、それでいて新鮮な味わいに対して俺は……

「美味《おい》しいよ。ありがとう、エマ」

「よかったぁ！　いっぱい食べてね、シノ！」

…………

「シノ、少し聞きたいことがあるんだけど、いい？」

食事を済ませてから一〇分後、エマが僅かに声を強張《こわば》らせて語りかけてきた。

「どうした？」

「えっとね……、シノはどうして私と恋人になってくれたの？」

エマが不安げな瞳で、俺の表情を精査する。

安心しろ、エマ。俺が、君を困らせるような返答をするわけがないじゃないか。

「ずっと気になっていたんだ。君がうちの学校に転校してきて、その姿を見た時から……」

「そうだったの？」

「ああ。エマは美人だからな」

「そんな……。別に、私なんて……。でも、ありがとう。……ふふっ」

「それで、今年の初めにここで話せただろう？　あの時から、君にもっと近づけたらって気持ちが大きくなっていったよ」

「私も！　私もそうなの！」

エマが、一気に俺との距離を詰めてきた。

「私も、シノがずっと気になってた！　もっとシノを知りたい。シノのことを教えてほしい。

ずっとそう思っていて……だから……あっ！」

そこで、今にもキスをしかねない距離まで近づいていることに気づいたのだろう。

今度は逆に手を伸ばしても触れられない位置にまで離れてしまい、少しだけ寂しかった。

「ご、ごめん！　でも、言ったことはほんとだから！　私、シノのことをもっと知りたい！」

「何でも聞いてくれ。どんなことでも答えてみせるよ」

少し、嘘《うそ》をついた。少々センシティブな内容であれば、濁して答えたほうがいいだろう。

「やったぁ！　なら……、えっと……シノが誰にも言ってない秘密とか……あったら、教えてほしいな……。私だけが知っているシノの秘密が欲しくて……」

おねだりする子供のように見つめてくるので、思わず頬が緩みそうになる。

ところで、質問には……折角だし、少しユーモアを利《き》かせてみるか。

「実は、良家のおぼっちゃんなんだ」

「……っ！　そうなの⁉」

エマが目を丸くした。

「な、なら、将来はすごい遺産を引き継ぐことが決まっていたり……」

「どうだろうな？　けど、もしそんなものが手に入れられたら、真っ先に夢を叶《かな》えると思う」

「夢？　シノの夢って……」

「俺とエマが、ずっと二人きりでいられる時間さ」

「――――っ！　シノ、いきなり変なことを言わないでよ！　ビックリしちゃうじゃん！」

「驚いてくれたなら何よりだ。ところで、質問は以上か？」

「あ、違うよ！　次は、シノの家族について――」

それから、俺はエマからの様々な質問に答えていった。

家族構成、好きな食べ物、将来の夢、休日の過ごし方。他愛もない会話による温かく安らかな時間が屋上に流れ、気がつくと昼休みは終わりの時間を告げていた。

◇

「じゃあ、帰ろうか。……エマ」

「うん！」

放課後、エマの所属するクラスへ向かった俺は、朝に離した手を再び繋《つな》ぎ直して、直正高《ちょくせいこう》校《こう》をあとにした。今頃、コウはバスケ部で青春に励んでいるだろうが、部活動に所属していない俺とエマは即帰宅。青春の過ごし方は人それぞれだ。

「ねぇ、シノ！　このアイス、一緒に食べない？」

「いい案だな。是非、そうしよう」

二人でコンビニエンスストアに寄り、二本入りのアイスをワンコインで購入。

店内を出る時の、「ありゃした〜」なんて気の抜けた店員の声が印象的だった。

「ふふふ。二人で食べると美味《おい》しいね！」

「ああ。また一緒に何か……ん？」

公園でエマとアイスを食べていると、俺のスマートフォンが振動した。

届いていたのは、一通のメッセージ。それを確認して、俺はため息を一つつく。

「シノ、どうしたの？」

「いや、なんでもないよ。変なショートメッセージが届いただけさ」

そう告げて、俺はポケットにスマートフォンを押し込んだ。

◇

「ゆっくりしてたのに、もう着いちゃったね……」

「本当に、あっという間だったな」

公園を出た俺達が向かったのは、直正高校《ちょくせいこうこう》最寄りの駅。

俺とエマの住んでいる場所は、駅を挟んで反対側。

クラスといい、住んでいる場所といい、絶妙にニアピンなのは歯がゆいものだ。

「エマ、そろそろ手を……」

「私、シノの家に行ってみたい！」

「うぇっ！」

驚天動地。まさかの申し出に、思わず変な声が出た。

「挨拶！　シノのご家族に、ちゃんとご挨拶をさせてほしいの！　別に変なことは……シノがしたいならしてもいいけど……」

よし。ならば、今すぐにでも招待して……って、いかんいかん。

「嬉《うれ》しいよ、エマ」

「本当⁉　それなら――」

「でも、今日はダメだ」

「え……。どう、して？」

「今から俺の家に来たら、帰りはそれなりの時間になってしまうだろう？　もちろん、送るつもりではあるが……もし、エマが危険な目にあったらと考えると……心配だ……」

この世界は、エマの知らない危険で溢《あふ》れている。だから、今日はダメだ。

「シノは優しすぎるよ……。私は、早くシノの家族に会いたいのに……」

いかん。このまま落胆させて恋人関係が解消されてしまっては、全てが水泡に帰す。

何とかしなくては……。しかし、いったいどうすれば……そうだ。

今こそ、アレの出番じゃないか。

「そんな悲しい顔をしないでくれ。代わりと言っては何だが……これを受け取ってほしい」

「え？」

久溜間道《くるまみち》シノ、一世一代の勝負の時は今だ。

震える手で俺が鞄《かばん》の中から取り出したのは、手の平におさまる程度の正方形のケース。

エマへのプレゼントだ。

「こ、恋人記念というやつだ！」

「……っ！　シノも用意してくれてたの⁉」

「俺も？　まさか……っ！」

エマが、頬を朱色に染め、首を小さく縦に振る。

遠慮がちな手つきでエマが鞄《かばん》から取り出したのは、俺と同じく手の平におさまる程度の正方形のケース。それをお互いに交換してケースを開けると、

「わぁ～！　ペンダントだ！」

「ブレスレットか」

俺が渡したケースの中身はローズゴールドの花のペンダント。エマが渡してくれたケースの中身はシルバーのブレスレット。お互い、決まった動きのようにそれを身につけた。

「……ふふ」

「はは……」

先程までの落胆に満《み》ち溢《あふ》れた表情の少女は消え去り、目の前にはどこか照れくさそうな、それでいて幸せに満《み》ち溢《あふ》れた笑顔の少女。

自分がこんなにも美しい存在を生み出せたと思うと、少しだけ誇らしい気持ちになれた。

「離れてても、シノが守ってくれているような気がするなぁ……」

美しい手でペンダントを握りしめ、柔らかなピアノの音色のような声で呟《つぶや》くエマ。

どんな時も、エマのそばにいてくれ。ペンダントへ願いを伝える。

「ありがとう、シノ！　大切にする！　絶対に、大切にするから！」

「俺も大切に使わせてもらうよ。じゃあ、今日は……」

「うん！　また明日、シノ！」

足を弾ませながら、駅の中へと消えていくエマ。彼女の姿が目視できなくなるまで確認した後、俺はワイヤレスイヤホンを片耳に装着して帰路についた。

「本当に、似たようなことを考えているものだな」

ふと、エマから受け取ったブレスレットを見つめながら、俺はそう呟《つぶや》いた。

◇

「よし、無事に到着だ」

意気揚々という言葉は、今の俺のために存在する言葉だろう。本来であれば駅から一〇分で着く道のりを、寄り道も含めた遠回りの約四五分かけて時刻は一六時五三分。四〇坪程の土地に建てられた一軒家、駐車場、地下室あり。

そんな一般的な住居が我が久溜間道家《くるまみちけ》。玄関で靴を脱ぐ。そのまま一直線にリビングへ。

俺がドアを開くと、家族が「ようやく帰ってきたか」と視線で語りかけてきた。

「あ。おかえり〜、シノ兄」

「ただいま、チヨ」

三人掛けのソファーに寝そべり一人で占拠する中学三年生の我が妹──久溜間道《くるまみち》チヨは、家の中ということもあってか警戒心は薄め。太ももも全てを露《あら》わにしたショートパンツに、桃色のノースリーブというラフな格好で、スマートフォンをいじくりまわしている。

「今日はまいったよ。色々と聞かれてしまってな」

「あは！　色々聞かれちゃってるんだぁ！」

露《あら》わにした太ももを天井に向けると、遠心力を利用して立ち上がり、そばへとやってきた。

「で、シノ兄のご感想は？」

「とりあえず、ひと安心ってところだな」

「プレゼント、ちゃんと渡せたんだね」

「ああ。何とかな」

「ひゅ～！　やるねぇ、この色男！　うりうりぃ～！」

肘でわき腹をつついてくるチヨをいなしつつ、四人掛けのテーブルに並んで座る。

正面には、母――久溜間道《くるまみち》イズナと、父――久溜間道《くるまみち》ダンの姿がある。

「チヨちゃん、あんまりシノちゃんをからかっちゃダメよ」

ボールペンで家計簿をつけながら、穏やかな笑みを向けてくれる母さん。

下半身の形がよく分かるデニムに、少しダボついた水色のロンT。その上に身に着けているのは、これでもかと言わんばかりにハートマークが刻まれた、ある種典型的なエプロンだ。

「え～！　私だって、妹なりにシノ兄を心配してるんだけどぉ？」

母さんに注意され、チヨが頰を膨らませてクレームを漏らす。

「俺としては、そのブレスレットについて詳しく聞きたい」

業務的にノートパソコンをいじりながらも、視線は俺の右腕につけられたブレスレットへと向ける父さん。家にいるのに、スーツ姿。いつでも、戦闘準備は万端と言わんばかりの風貌だ。

俺は、鞄《かばん》からノートとシャープペンシルを取り出した。

「プレゼントでもらったんだ。……俺達、気が合うなって思ったよ」

「ふむ……。ならば、理想的な展開になったということか」

「理想的、なのかな？ 上手《うま》くできた自信がなくて……」

我が久溜間道家《くるまみちけ》は、思春期の男女を抱えた一家だが家族仲は至って良好。なので、隠し事は一切せずにありのまま学校生活の全てを伝えている。要するに、チヨも母さんも父さんも、先週の金曜日から俺とエマが恋人同士になったことはよく知っているということだ。

「大丈夫だ。自信を持て。お前は、俺達の息子なのだから」

「ふふふ、そうよ。シノちゃんはとっても素敵な男の子よ」

「うん！ 私もシノ兄はいいお兄ちゃんだと思う！」

そうだな……。俺は、少し警戒しすぎていたのかもしれないな……。

「──で、いつ鳳《おおとり》さんを俺達に紹介してくれるのだ？」

急展開が過ぎないか？

「え？ そ、そうだな……。まぁ、近いうちに……」

「ん～？ シノ兄、何か隠してない？」

「その、エマからうちに挨拶に来たいと伝えられたのだが、断ってしまったんだ」

「えぇぇぇぇ!! なにそれ!? なんで断っちゃったの!? 来てもらえたら、ぜぇぇぇったいに、仲良くなれたのに！ なんのために、私が手伝ったと思うの？」

プレゼントの準備に協力してくれたことは、感謝している。

しかし、それとこれとは別の話だ。

「シノちゃん、ママも早くエマちゃんと会ってみたいわぁ」

母さんに言われると、少し困ってしまうな。温厚ではあるが、結構強引な側面もあるし……。

「いや、付き合ってすぐに家に連れ込むというのは……。大切にしたいんだ……」

「シノ兄は、気にしすぎ！　来てくれたら、私、バリバリに歓迎しちゃうよ？」

「そうよ。ご飯だって、腕によりをかけて作っちゃうんだから」

「二人とも落ち着け。わざわざ来てもらうのであれば、入念に準備をすべきだ。歓迎は、豪勢なほうがいいだろう？」

落ち着いた口調ながらも、拳を握りしめる情熱的な仕草。

普段から冷静沈着な父さんだが、俺とエマが恋人になったと伝えた時は、『この辺りの便利なスポットを教えてやる』と、外回りの仕事で得た知識を存分にふるってくれた。

「──ということで、明日来てもらおう。それならば、準備を整えられる」

「さすが、パパ！」

「んふふ、良《い》いわねぇ～」

チヨといい、母さんといい、父さんといい、エマに対して食い気味で困る。

「あ、あ～……その、エマを招待するのは、もう少し先にしようと思ってる」

「なんで⁉」「どうしてかしら？」「なぜだ？」

あまりにも見事に四つの声が重なっていたので、思わず言葉に詰まる。

「色々と心の準備とか……。あと、できれば先にエマの家族に挨拶をしたいかなって……」

俺がそう言うと、チヨと母さんも納得の素振りを見せた。

ひとまず、これで一安心……ん？

「ねぇ、シノちゃん。慎重になるのもいいけど、時には大胆になることも必要よ？」

母さんが、心なしか圧を感じる笑みを向けてそう言った。

「えっと……。それって、どういう……」

「それは、これから勉強していきなさい。今日のお話はここまで。もう少ししたら晩御飯ができるから、お着替えとお風呂《ふろ》を終わらせちゃいなさい」

「ああ……。分かったよ」

俺は四人掛けのテーブルから立ち上がり、二階にある自分の部屋へと向かっていった。

あぁ……。明日が楽しみだよ。早くエマに会いたい。

今日よりもっと先へ、君との関係を進めたいんだ。

「よ〜し！　無事、とうちゃ〜く！」

意気揚々。それが、今の私――鳳《おおとり》エマを表すのに一番ピッタリの言葉だ。

駅の南口から歩いて三〇分で一六時三五分。お家《うち》に帰ってきた私は、玄関で革靴を脱いだ。

3LDKの賃貸マンション。駅からの距離と築年数のおかげで、家賃は月八万円。

そこが、私の住んでいるお部屋だ。

「ただいまぁ〜……わっぷ！」

「エマ、おかえりぃぃぃぃ!!　大丈夫？　どこも怪我《けが》してない？　変なことされなかった⁉」

「もう、ユキちゃんは心配しすぎだよぉ〜。大丈夫、私は元気！」

玄関で私を抱きしめてくれたのは、七篠《ななしの》ユキちゃん。

血は繋《つな》がっていないけど、すごく大切な……お姉ちゃんのような人だ。

「よかった！　……って、仕事中だった！　エマ、ちょっと待っててね！」

「うん！」

慌ただしくリビングへと戻っていくユキちゃんの後に続いて、私もリビングに。

ソファーに座るユキちゃんの隣に腰を下ろした。

「ん～、ここのカットはいまいちだなぁ。もうちょっと……」

左耳にイヤホンをつけて、一生懸命頑張るユキちゃん。

ユキちゃんのお仕事は、動画編集。

沢山の配信者さんから動画を受け取って、それを見やすく編集するの。

「ユキちゃん、まだ～？」

「あと少し。本当にあと少しだから……」

「は～い」

私には、パパとママがいない。一三歳までイギリスの児童養護施設で育って、そこから先は当時二三歳だった、ユキちゃんが里親になってくれた。

ユキちゃんって、すごい人なんだよ。だって、世界でも有数の大企業、あの光郷《こうごう》グループの子会社……光郷《こうごう》製薬ロンドン本社に勤めてたんだから。

しかも、ただ勤めていたんじゃない。そんな大きな会社で、開発室長を任されてたの。

けど、それはもう過去のこと。去年、ユキちゃんは光郷《こうごう》製薬を退職することになった。

そのタイミングで私達は日本へとやってきて、今の生活をするに至っている。

「……シノに伝えて、平気かな？」

両親がいないなんて知られたら、嫌われちゃうかもしれない。

でも、いつまでも隠し通せることでもないし……。

「よし。今日のお仕事はおっしまい♪　それじゃ、話を聞かせてもらえる？」

「……うん」

　ユキちゃんの優しい手が、私の頭をなでてくれた。

　それだけで、張りつめていた私の心が安らいでいく。

「シノ君と付き合うことになったんでしょ？　調子はどう？」

「今のところ……、多分、いい感じ、かな？」

　ちょっと歯切れが悪くなってしまうのは、今日の失敗が原因。本当は、今日のうちにシノのお家《うち》に行って、家族の人達にご挨拶したかったけどダメって言われちゃったから。

　一生懸命お願いしたら、シノなら許してくれると思ったんだけどなぁ。

「きっと、いつか行けるよね……」

　久溜間道《くるまみち》シノ君。先週の金曜日から、私の恋人になってくれた人。彼ほど『普通の男の子』という言葉が似合う人は中々いないだろう。取り分けて勉強ができるわけでも、運動ができるわけでもなく、かっこいいわけでもない。だけど、私は彼と恋人になることを選んだ。

　生まれて初めての告白だったから、断られたらどうしようって気が気じゃなかった。

　でも、シノはちょっぴり恥ずかしそうな笑顔で、私の気持ちを受け入れてくれた。

　嬉《うれ》しかったなぁ。それに、今日はすっごく楽しかった。朝は、シノと一緒にお互いの趣味のお話をして、お昼休みは一緒に屋上で過ごして、放課後はちょっとだけデート。

シノのことを色々と教えてもらえた。

「本当によかった……」

もしも何も教えてもらえなかったら、使うことになってたかもしれないもん。

シノをドキドキさせちゃう、とびっきりの秘密兵器を。

けど、シノは色んなことを教えてくれた。おかげで、秘密兵器の出番はなし。

だから、今日はお家《うち》に招待してもらえなかったけど……

「ふふ～ん！　私だって、頑張ればできる！　シノなんて操り人形にして、何もかもぜ～んぶ奪い取ってやるんだから！」

私とユキちゃんの計画は、超順調ってことだよね！

「さすが、私の可愛《かわい》いエマ！　エマならできる！　だって、貴女《あなた》は超絶美少女だもの！」

ユキちゃんが、私の体をギュッと抱きしめた。

「わっ！　ユキちゃん、やめてよ！　別に、私はそこまで……」

「エマは自己評価が低すぎるの！　もっと、自分に自信を持ちなさい！　貴女《あなた》は可愛《かわい》いの！」

「う、うん。ありがと……」

まさか、ここまで上手《うま》くいくとは思わなかったけど……。

けど、頑張った甲斐《かい》があったたってことだよね！

本当はもっと早く仲良くなりたかったのに、残念なことに私達は別のクラス。

その後、みんなにお昼休みだけは一人で過ごさせてほしいってお願いして、ようやく接点を持つことができた。本当に……本当に大変だったんだから！

「あっ！　これ、しまっておかないと！　ゴム弾だけど、入れっぱなしは危ないし！」

私が、制服の内ポケットから取り出したのは、シノをドキドキさせる秘密兵器。

もしもの時、シノにお願いを聞いてもらうための小型拳銃だ。

入ってる弾はゴム弾だけど、それでも暴発したら大変。私は慎重に引き出しにしまった。

「……っ！　エマ、イヤホン！　早く、イヤホンつけて！　私だけ先に聞いちゃうよ！」

「あっ！　待ってよ、ユキちゃん！　私も……よ～し！」

大慌てで、私は自分の耳にイヤホンをつける。すると……

『あ。おかえり～、シノ兄』

『ただいま、チヨ』

耳につけたイヤホンから聞こえてくるのは、シノと女の子の可愛《かわい》い声。

多分だけど、今日話してくれた元気な妹さんだね。

『今日はまいったよ。色々と聞かれてしまってな』

『あは！　色々聞かれちゃってるんだぁ！』

「ユキちゃん、シノが帰ってきた！」

「だね！　ちゃんと声も聞こえてきてるし、バッチリじゃん！」

ユキちゃんと二人でハイタッチ。私達の作戦成功を示す音が鳴り響いた。

「うん！　これで、ひと安心！」

ブレスレットの盗聴器は、しっかりと作動してるみたい！

日曜日に秋葉原で、お小遣いの五〇〇〇円を持って買いに行った盗聴器。どこのお店を探しても中々見つからなかったけど、偶然出会ったおじさんが超格安価格で譲ってくれたの！

『で、シノ兄のご感想は？』

『とりあえず、ひと安心ってところだな』

『プレゼント、ちゃんと渡せたんだね』

『ああ。何とかな』

『ひゅ〜！　やるねぇ、この色男！　うりうりぃ〜！』

シノもプレゼントを用意してくれてたなんて、ビックリしたよ。ちゃんと大事にするね。

『チヨちゃん、あんまりシノちゃんをからかっちゃダメよ』

これはお母さんの声かな？　おっとりしてて、優しそうな人だなぁ。

『え〜！　私だって、妹なりにシノ兄を心配してるんだけどぉ？』

ふふふ……。チヨちゃん、それは大正解だよ。ちゃんと心配してあげたほうがいい。

だって、私は……

『俺としては、そのブレスレットについて詳しく聞きたい』

「「……………っ！」」

今のズッシリした声って、シノのお父さんの声だよね？

だ、大丈夫だよね？　気づかれてないよね⁉

『プレゼントでもらったんだ。……俺達、気が合うなって思ったよ』

『ふむ……。ならば、理想的な展開になったということか』

よかったぁ〜！　気づかれてない！

っていうか、本当に気が合ってたら大変だったろうなぁ。私の盗聴器入りだし……。

「クケーケッケ！　この男、盗聴器にむぁぁぁったく気づいていないわね！　なんと救いようのない愚か者なの！　あ〜、お腹《なか》が痛い！」

「むしろ、気づかれてたら大変だったと思うよ……」

さっきから、ユキちゃんのテンションがすごい。

『理想的、なのかな？　上手《うま》くできた自信がなくて……』

そんなことないよ。シノは、ちゃんと上手にできてた。素敵な恋人だった。

「ごめんね、シノ。でもさ……」

私は貴方《あなた》に恋愛感情を持ってない。貴方《あなた》を騙《だま》すために、恋人になったの。

だって、私は貴方《あなた》の一番大きな秘密を知ってるんだもん。

ねぇ、光郷シノ君？


「光郷《こうごう》ヤスタカの遺産は、私のものだよ」


光郷《こうごう》ヤスタカ。世界有数の大企業である、光郷《こうごう》グループの創始者。

だけど、彼はもうこの世にいない。今朝のニュースで、彼の訃報が報道されていた。

企業のトップの消失。いったい、誰が彼の残した遺産や光郷《こうごう》グループの実権を相続するかって話なんだけど……光郷《こうごう》ヤスタカは生涯独身だった。

息子や娘はいるけど、それは全員養子の人達。

だから、養子の誰かが光郷《こうごう》グループを相続すると思われていたんだけど……


――光郷《こうごう》グループの全てを実子である光郷《こうごう》シノに相続させる。皆は、彼に従ってほしい。


二年前、病床に臥《ふ》せた光郷《こうごう》ヤスタカから語られた衝撃の真実。

生涯独身の光郷《こうごう》ヤスタカではあったけど、なんと隠し子が存在していたんだ。

それが、光郷《こうごう》シノ。彼の本当の名字は、『久溜間道《くるまみち》』じゃない、『光郷《こうごう》』なんだ。

このことを知っているのは、光郷《こうごう》ヤスタカの養子達と極一部の人達だけ。

なんで、そんなことを私が知ってるかって？　それはね……

「ううぅぅ!!　あのちっちゃかったエマがこんなに頼もしく！　私、涙が止まらない！」

光郷《こうごう》ヤスタカの養子の一人……ユキちゃんが、私に教えてくれたの。

だけど……

「ごめんねぇ、エマ。私が光郷家《こうごうけ》を勘当されてなかったら……」

「わっ！　そんなに謝らないでよ！　ユキちゃんは、いつもいっぱい助けてくれてるよ！」

今のユキちゃんは、もう光郷家《こうごうけ》の人間じゃなくなっちゃったの。

少し前にちょっぴり問題を起こしちゃって、光郷家《こうごうけ》を勘当されちゃったんだ……。

名無しのユキ……七篠《ななしの》ユキ。それが、今のユキちゃんだ。

「ところで、エマ。ちょっと気になってることがあるんだけど……」

「どうしたの、ユキちゃん？」

「シノ君って、本当に遺産を相続するの？　もしかしたら、偽物《にせもの》の後継者とか……」

「大丈夫！　お昼休みに、お弁当を食べさせてしっかり調査したから！」

私がシノに渡したお弁当は、ただのお弁当じゃない。あのお弁当には……

「ユキちゃんの自白剤すごかった！　効果てきめんだったよ！」

「まっかせなさい！　伊達《だて》に、光郷《こうごう》製薬で開発室長をやってなかったんだから！　自白剤から媚薬《びやく》まで何でもござれよ！　それで、シノ君は遺産を……」

「バッチリ引き継ぐ予定だよ！　自白剤を食べてもらった後、秘密を教えてってお願いしたら、『実は良家のおぼっちゃん』って言ってたもん！」

「エクセレンツゥウゥゥ!!　エマったら、なんてデキちゃう子なの！」

　ユキちゃんが、私を思い切り抱きしめてくれた。

「となると、次に重要になるのは家庭環境ね！　名字を偽ってるってことは正体を隠したいんだと思うし、あのお父様の実の息子だもの。かなり厳重な家に住んでる可能性も……」

「ふふふ！　そこも確認済！　至って普通の家族だったよ！　お父さんは光郷《こうごう》通信の営業さんで、お母さんは専業主婦なんだって！」

「ンマァァァベラァァァァス!!　エマったら、頼りになりすぎ！　そっか！　お父様は、光《こう》郷《ごう》グループの部下の家に、自分の息子を隠してたってわけね！」

　シノは、去年までその存在を隠し通されて育てられてきた男の子だ。

　だから、養子達は誰も知らなかった。光郷《こうごう》ヤスタカに、血の繋《つな》がった子供がいるなんて。

「それで、シノ君はもう遺産は相続してるの？」

「うっ！　そ、それは……う〜ん。微妙なところ……」

「どういうこと？」

　今朝のニュースで、光郷《こうごう》ヤスタカさんが亡《な》くなったことは分かった。

けど、それはあくまでも今日のこと。シノには、まだ遺産が相続されてないかもしれない。

ユキちゃんが言うには、遺産相続までは時間がかかるって話だし、本当はもっと詳しくシノの現状を知る必要があったんだけど……

「そこまで聞き出せなかったの。お金があったら叶《かな》えたい夢はあるって言ってたけど……」

「夢？　どんな夢をシノ君は……」

「『俺とエマが、ずっと二人きりでいられる時間さ』って言ってた……」

「キッモォォォォォォォォォォォォォォォォ!!」

ユキちゃんのとてつもない声が、お部屋に轟《とどろ》いた。

やっぱり、そうだよね……。私も、ビックリして一瞬頭が真っ白になったもん。

「ダメ！　ダメよ、エマ！　そんなキモい男ダメ！　即座に別れなさい！」

「えええええ！　でも、そうしたら遺産が……」

「はっ！　そうだった！　……よし！　結婚してから、即座に離婚しなさい！」

「私、バツイチになるの!?　まだ、高校生なのに！」

「安心しなさい、エマ。女は、XX染色体。つまり、×は二つまでついていいものなの」

「そうだったの!?」

なら、結婚してすぐに離婚しても大丈夫……って、気が早すぎるよ！

それより、今はシノが私をどう思っているか、遺産を引き継いでいるかを調査しないと。

そのために、盗聴器付きのブレスレットをプレゼントしたんだから！

『大丈夫だ。自信を持て。お前は、俺達の息子なのだから』

『ふふふ、そうよ。シノちゃんはとっても素敵な男の子よ』

『うん！　私もシノ兄はいいお兄ちゃんだと思う！』

私も、シノのこと嫌いじゃないよ。あんまり表情が変わらないから、何を考えてるか分《わ》かり難《にく》いけど、すっごく一生懸命な優しい人だってことは伝わってきてる。

『――で、いつ鳳《おおとり》さんを俺達に紹介してくれるのだ？』

わっ！　シノのお父さん、私に会いたがってくれてる！　なら、もしかして……

『え？　そ、そうだな……。まぁ、近いうちに……』

『ん～？　シノ兄、何か隠してない？』

『その、エマからうちに挨拶に来たいと伝えられたのだが、断ってしまったんだ』

『えぇぇぇぇ‼　なにそれ⁉　なんで断っちゃったの⁉　来てもらえたら、ぜぇぇぇったいに、仲良くなれたのに！　なんのために、私が手伝ったと思うの？』

『シノちゃん、ママも早くエマちゃんと会ってみたいわぁ』

チヨちゃん、お母さん、ナイス！　そう！　これが、私の一番知りたかった情報なの！

ねぇ、シノ。どうして、私は今日お家《うち》に行けなかったの？

まだ警戒しちゃってるから？　それとも、本当は私のことが……

『いや、付き合ってすぐに家に連れ込むというのは……。大切にしたいんだ……』

た、大切！　大切って言われちゃった！　そっか。そういう理由だったんだ……。

『シノ兄は、気にしすぎ！　来てくれたら、私、バリバリに歓迎しちゃうよ？』

『そうよ。ご飯だって、腕によりをかけて作っちゃうんだから』

わぁぁ！　チヨちゃんもお母さんも、すっごく優しい！

『二人とも落ち着け。わざわざ来てもらうのであれば、入念に準備をすべきだ。歓迎は、豪勢なほうがいいだろう？』

「ぬわんですってぇぇ!!　歓迎が豪勢なのは当然として、先延ばしなんて有り得ナッシング!!　今すぐに、『明日来てほしい』と言いなさい！　これは、命令よ！」

さすがに、それは無理があるんじゃ……。

『――ということで、明日来てもらおう。それなら、準備を整えられる』

『さすが、パパ！』

『んふふ、良《い》いわねぇ～』

こんな奇跡あるの⁉　全部が全部上手《うま》く行きすぎて、怖くなっちゃう！

『あ、あ～……その、エマを招待するのは、もう少し先にしようと思ってる』

「えぇぇぇぇぇぇ!!　なんでぇ⁉」『なんで⁉』『どうしてかしら？』『なぜだ？』

偶然にも、私とシノの家族の声が重なった。

『色々と心の準備とか……。あと、できれば先にエマの家族に挨拶をしたいかなって……』

私のお家《うち》が先かぁ。困ったなぁ。両親がいないってまだ伝えてないし……

「ほほ～う。この私の城に来ようとするとはいい度胸ね。……いいじゃない、もし来ようものなら、小一〇時間程、エマの可愛《かわい》さについて語り続けてやるわ」

ユキちゃんの暴走が、不安で不安で仕方がない。

ユキちゃんは、優しくて頼りになる人だ。けど、ちょっぴり暴走しやすい性格なの。

「やりすぎると逆効果なんじゃ……」

「安心しなさい、エマ。貴女《あなた》の可愛《かわい》さを知りたくない男なんて、この世にいないわ」

多分、それはないよ。シノも困っちゃうと思う……。

「けど、急ぎすぎるのも……」

「エマ、私達には時間がないの！　私達の未来のためにも、急いで遺産を手に入れないといけない！　それは、分かってるでしょ？」

「……っ！　そうだね！　未来のためにも頑張らないと！」

ユキちゃんの言う通りだ。私達は、絶対に遺産を手に入れなくちゃいけない。

シノだけじゃなくて、シノの家族とも仲良くなって、絶対に遺産を奪ってやるんだから！

『ねぇ、シノちゃん。慎重になるのもいいけど、時には大胆になることも必要よ？』

『えっと……。それって、どういう……』

そうだね。シノのお母さんの言う通り、私ももっと大胆になったほうがいいかも！

ってなると、明日からどうしよう？

恋人にはなれた、手も繋《つな》いでくれた。

そういえば、シノの手、思ったよりもおっきくてビックリしたな。

すごく温かくて安心できて、どんな時でも守ってくれそうな……

「エマ、どうしたの？　心なしか、うっとりしているような……」

「……ひゃっ！　にゃ、何《にゃん》でもないよ！　別にシノになんて、全然興味ないし！　シノなんて、ただの都合のいいＡＴＭでしかないんだから！」

ち、違《ちが》うでしょ！　うっとりしてる場合じゃないの！

私は嘘《うそ》をついて、シノを騙《だま》し切らなきゃいけないんだから！

『それは、これから勉強していきなさい。今日のお話はここまで。もう少ししたら晩御飯ができるから、お着替えとお風呂《ふろ》を終わらせちゃいなさい』

『ああ……。分かったよ』

あっ！　シノがお風呂《ふろ》に入るみたい！　なら、私もお風呂《ふろ》に入ろーっと！

ふふっ。明日が楽しみだなぁ～。早くシノに会いたいなぁ～。

い、遺産を奪うためだからね！

——少し、時を戻そうか……。

俺――久溜間道《くるまみち》シノのことを学校で聞いたら、誰もがこう言うだろう。「平凡な男」とな。

学校の成績は、勉強も運動も並。目を引く要素なんて、何一つない。

「よし、無事に到着だ」

一六時五三分。つい遠回りで帰宅してしまう自分の性《さが》を呪いながら、片耳にワイヤレスイヤホンを装着したまま俺は久溜間道家《くるまみちけ》のリビングへと向かう。

ドアを開いた先で出迎える家族が、「ようやく帰ってきたか」と視線で語ってきた。

「あ。おかえり～、シノ兄」

「ただいま、チヨ」

最初に声をかけてきたのは、三人掛けのソファーに寝そべる少女――久溜間道《くるまみち》チヨ。

俺と同様、片耳にワイヤレスイヤホンを装着している。

「今日はまいったよ。色々と聞かれてしまってな」

「あは！　色々聞かれちゃってるんだぁ！」

ケタケタと楽しそうに笑うチヨが、露《あら》わにした太ももを天井に向けると、遠心力を利用して立ち上がり隣へとやってきた。それまでいじっていた、スマートフォンの画面を俺に向ける。

【つまり、予定通りってことかな?】

俺は静かにうなずいた。

『ユキちゃん、シノが帰ってきた!』

『だね! ちゃんと声も聞こえてきてるし、バッチリじゃん!』

『うん! これで、ひと安心!』

イヤホンから聞こえてくるのは鳳《おおとり》エマ……加えて、同居人の七篠《ななしの》ユキの声。

隣に立つチヨが、どこか誇らしげな眼差《まなざ》しを向けて俺へと語り掛けてきた。

「で、シノ兄のご感想は?」

「とりあえず、ひと安心ってところだな」

ペンダントの盗聴器は、問題なく作動しているようだな。

「プレゼント、ちゃんと渡せたんだね」

「ああ。何とかな」

「ひゅ~! やるねぇ、この色男! うりうりぃ~!」

【でしょ? 私の盗聴器に狂いなし!】

肘でわき腹をつつく形で、モールス信号を送ってくるチヨと共に四人掛けのテーブルへ。

正面に座っているのは、久溜間《くるまみち》道イズナと久溜間《くるまみち》道ダンだ。

「チヨちゃん、あんまりシノちゃんをからかっちゃダメよ」

ボールペンで家計簿をつける久溜間道《くるまみち》イズナ。こちらも、片耳にワイヤレスイヤホンを装着。一切の音を立てず、家計簿を俺へと向けてきた。

【なら、これからは情報収集し放題ね】

まさにその通り。今日一日で得られなかった情報を、これからたっぷり得るつもりだ。

「え～！　私だって、妹なりにシノ兄を心配してるんだけどぉ？」

もっと自分の盗聴器を褒めろと言わんばかりに、チヨが不貞腐《ふてくさ》れた表情を向ける。

「俺としては、そのブレスレットについて詳しく聞きたい」

一七時という時間で家にいる久溜間道《くるまみち》ダン。こちらも当然、片耳にイヤホンを装着。ゆっくりと落ち着いた所作で、ノートパソコンの画面を俺のほうに向けた。

【それに仕込まれているのか？】

「プレゼントでもらったんだ。……俺達、気が合うなって思ったよ」

俺は、鞄《かばん》からノートとシャープペンシルを取り出した。

【ああ。こいつに盗聴器が仕込まれている】

「ふむ……。ならば、理想的な展開になったということか」

久溜間道《くるまみち》ダンの言う通り。現時点では、全てこちらの目論見《もくろみ》通りだ。

『クケーケッケ！　この男、盗聴器にむぁぁったく気づいていないわね！　なんと救いようのない愚か者なの！　あ～、お腹《なか》が痛い！』

『むしろ、気づかれてたら大変だったと思うよ……』

大変なことになっている救いようのない愚か者達に、特大のブーメランが突き刺さった。

「理想的、なのかな？　上手《うま》くできた自信がなくて……」

【エマ側の戦力がどの程度か分からない以上、安心はできない。確実に……】

俺の家族は、一見すると普通のサラリーマンと専業主婦が養う普通の四人家族だ。

だが、その姿は偽り。本来の姿は……


【光郷《こうごう》グループに仇《あだ》なす者は、全て排除する】

光郷《こうごう》グループ。光郷《こうごう》ヤスタカが一世代で築き上げた、世界でも有数の巨大企業。

しかし、その内情は決して一枚岩ではない。

目下、光郷《こうごう》グループが抱えていた最大の問題……それは、跡継ぎ問題だ。

光郷《こうごう》ヤスタカには、伴侶が存在しなかった。故に、彼は築き上げた財産で児童養護施設を運営し、そこで特別な教育を行い、優秀な成績を収めていた子供達を養子として引き取っていた。

光郷《こうごう》グループの更なる発展のために。

その判断は、間違えていなかった。英才教育を施された養子達は輝かしい成果をあげ、光郷《こうごう》グループは世界的な大企業へと成長したのだから……が、それはもう過去のこと。

今となっては、その優秀さこそが大きな問題を生み出してしまっていた。

光郷《こうごう》ヤスタカには、実子が一人たりとも存在しない。つまり、跡を継ぐのは養子の誰か。

そして、英才教育を受けたエリートである、養子達はこう考えた。

――自分こそが、光郷《こうごう》グループの跡取りに相応《ふさわ》しい。

表の世界でも裏の世界でも、その名を轟《とどろ》かせる養子達による血で血を洗う醜い跡目争い。

光郷《こうごう》ヤスタカとしては、決して望まぬ事態。そこで、彼は一つの手を打った。

正当な光郷《こうごう》の血を引く者を、創り出したのだ。

伴侶の存在しなかった、光郷《こうごう》ヤスタカの隠し子。母親の正体は、彼以外誰も知らない。

そして、二年前。病床に臥《ふ》せた光郷《こうごう》ヤスタカは全ての養子達を集め、こう告げた。

――光郷《こうごう》グループの全てを実子である光郷《こうごう》シノに相続させる。皆は、彼に従ってほしい。

が、これは跡目争いを終結させる手段ではなく、養子同士の醜い争いを止めるための手段。

光郷《こうごう》ヤスタカはあえて後継者の名を出すことで、養子達の矛先を全て俺へと向けさせたのだ。

その目論見《もくろみ》は、見事的中。養子達は互いに争うことはやめ、俺だけを狙うようになった。

表の力ではなく、裏の……諜報員《エージェント》の力を用いて。

そして、光郷《こうごう》ヤスタカは、俺に対してはこのような言葉を伝えていた。

――全ての任務を達成しろ。

暗号名《コードネーム》『新影《シャドウ》』。それこそが、俺――久溜間道《くるまみち》シノのもう一つの名。

光郷《こうごう》の血を引いているという理由だけで、全てを引き継がせるほど光郷《こうごう》ヤスタカは甘い男ではない。示さなければならないのは、血ではなく、力。

俺は、物心がついた時から厳しい訓練を施され、秘密裏に育て上げられてきた存在だ。

磨き上げられた様々な技術《スキル》は、一流の諜報員《エージェント》と言って差支《さしつか》えのないものに。

その力を以《もっ》て、全ての任務を達成した先に、本当のハッピーエンドが待っている。

もちろん、いくら訓練を受けてきたとはいえ、任務をこなしつつ、養子達が送り込んでくる刺客達を撃退するというのは、たった一人には荷が重すぎる。

そこで、光郷《こうごう》グループから派遣された補佐が久溜間道家《くるまみちけ》だ。

【シノ兄、必要なものがあったら、すぐに言ってね。何だって、作ってみせるよ】

久溜間道《くるまみち》チヨ……暗号名《コードネーム》『開拓者《フロンティア》』。

チヨは、電子機器の開発、取り扱いのスペシャリストだ。

超小型の盗聴器はもちろん、様々な武器や防具の開発を担《にな》っている。

【ふふふ……。日曜日に頑張った甲斐《かい》があったわね。完全に油断しているみたいだし】

久溜間道《くるまみち》イズナ……暗号名《コードネーム》『調色板《パレット》』。

潜入工作、変装技術のスペシャリストである久溜間道《くるまみち》イズナは、エマが盗聴器を必要としているという情報を入手し、「向こうにも盗聴させたほうが油断を誘える」と日曜日に中年男性へと変装し、エマへ格安価格で盗聴器を売り渡した。

【あの住処《すみか》なら、一〇秒もあれば制圧できる。有事の際は任せろ】

久溜間道《くるまみち》ダン……暗号名《コードネーム》『盾《イージス》』。

裏の世界で、この暗号名《コードネーム》を知らぬ者はいない、超一流の諜報員《エージエント》だ。

攻撃は最大の防御という言葉は、彼のために存在すると言っても過言ではないだろう。

『ごめんね、シノ。でもさ、光郷《こうごう》ヤスタカの遺産は、私のものだよ』

謝る必要はない。

俺にとって、命や遺産を狙われることなど日常茶飯事でしかないのだからな。

むしろ、行動を起こしてくれて助かったよ。

『ううううぅ!! あのちっちゃかったエマがこんなに頼もしく！　私、涙が止まらない！』

【しかし、まさか光郷《こうごう》……いや、七篠《ななしの》ユキが絡《から》んでいたとはな……。奴《やつ》は養子の中でも変わり者で、跡目争いには一切加わる素振りを見せていなかったのだが……】

【ああ。俺も驚いたよ。そもそも、彼女はもう光郷家《こうごうけ》の者ではないはずだ】

七篠《ななしの》ユキは、光郷《こうごう》製薬の開発室長を任されていた女だ。

様々な新薬を開発し、光郷《こうごう》グループに大きな利益を生み出していたが……

『ごめんねぇ、エマ。私が光郷家《こうごうけ》を勘当されてなかったら……』

『わっ！　そんなに謝らないでよ！　ユキちゃんは、いつもいっぱい助けてくれてるよ！』

一年程前に光郷《こうごう》製薬を解雇になり、光郷家《こうごうけ》からも勘当された。

理由は横領。七篠《ななしの》ユキは、開発費という名目で一〇億もの大金を盗み取ろうとしたことが発覚し、その身を追われたんだ。理由は確か、『家族と幸せに過ごしたいから』だったたか。

だが、だからこそ、俺はより警戒を高めていた。

七篠《ななしの》ユキと鳳《おおとり》エマの背後には、裏で糸を引いている他の養子がいるのではないかと。

『ところで、エマ。ちょっと気になってることがあるんだけど……』

『どうしたの、ユキちゃん？』

『シノ君って、本当に遺産を相続するの？　もしかしたら、偽物《にせもの》の後継者とか……』

『大丈夫！　お昼休みに、お弁当を食べさせてしっかり調査したから！』

そうだな。今日の昼休みに食わせてきたな。自白剤入りのサンドイッチを。

弁当を渡された時は、内心気が気じゃなかったよ。爆弾や催涙ガスの類で襲ってくる可能性も考慮して、慎重に……本当に慎重に中身を確認したんだ。

『ユキちゃんの自白剤すごかった！　効果てきめんだったよ！』

『まっかせなさい！　伊達《だて》に、光郷《こうごう》製薬で開発室長をやってなかったんだから！　自白剤から媚薬《びやく》まで何でもござれよ！　それで、シノ君は遺産を……』

残念だったな。俺は、ありとあらゆる毒物や薬物に耐性を持っているんだ。

しかし、味は素晴らしかったぞ。幼い頃の訓練で、嫌という程味わわされた自白剤。

そこに新しい薬剤も加わっていて、懐《なつ》かしさと新鮮さを同時に味わえた。

『バッチリ引き継ぐ予定だよ！　自白剤を食べてもらった後、秘密を教えてってお願いしたら、「実は良家のおぼっちゃん」って言ってたもん！』

『エクセレンツゥウゥウ‼　エマったら、なんてデキちゃう子なの！』

うむ。すでに知られていることを隠す必要はないからな。

むしろ、情報が開示されたことで油断しただろう？

『となると、次に重要になるのは家庭環境ね！　名字を偽ってるってことは正体を隠したいんだと思うし、あのお父様の実の息子だもの。かなり厳重な家に住んでる可能性も……』

『ふふふ！　そこも確認済！　至って普通の家族だったよ！　お父さんは光郷《こうごう》通信の営業さんで、お母さんは専業主婦なんだって！』

『ンマァァァベラァァァアス‼　エマったら、頼りになりすぎ！　そっか！　お父様は、光《こう》郷《ごう》グループの部下の家に、自分の息子を隠してたってわけね！』

うむ。何の変哲もない、至って普通の諜報員《エージエント》家族だ。

『それで、シノ君はもう遺産は相続してるの？』

『うっ！　そ、それは……う〜ん。微妙なところ……』

『どういうこと？』

残念ながら、俺に遺産は相続されていない。資金が入用とあれば、補助してもらえるが、全てを自由に使えるわけではなく、額にも限りはある。

『そこまで聞き出せなかったの。お金があったら叶《かな》えたい夢はあるって言ってたけど……』

『夢？　どんな夢をシノ君は……』

ほう、その話か。あの返答は完璧だったろう？

俺は幼い頃から厳しい訓練を受け、育て上げられた存在だ。

加えて、恋愛面に関しても自ら率先して訓練を行い、数多《あまた》の技術を持つ一流の諜報員《エージェント》。

何も知らないエマからすれば、俺は完璧な――

『「俺とエマが、ずっと二人きりでいられる時間さ」って言ってた……』

『キッモォォォォォォォォォォォォォォォォォ!!』

【キモいわねぇ】【うわぁ、キモ……】【まだ早いな】

どうやら、俺は何かを間違えていたらしい。後でもう一度、訓練をし直そう。

大丈夫だ。訓練教材の少女漫画は、まだ多く所持している。

「――で、いつ鳳《おおとり》さんを俺達に紹介してくれるのだ？」

【金目当ての単独勢力であるならば、早々に処理してもいいのでは？】

特に意味のない会話を続けながら、エマと七篠《ななしの》ユキの対処について筆談で話し合う。

久溜間道《くるまみち》ダンの言う通り、エマの脅威度はこれまでの刺客と比べてかなり低い。

胸部に潜めた危険な武器……ブラウスの内側に仕込んでいた小型拳銃も、まるで使ってくる素振りは見せてこなかったし、あとは我が家に招待し、即座に身柄を拘束。

節度を越えた、あんなことやこんなことをすれば問題解決と考えていたのだが……

「え？　そ、そうだな……。まぁ、近いうちに……」

「ん～？　シノ兄、何か隠してない？」

「その、エマからうちに挨拶に来たいと伝えられたのだが、断ってしまったんだ」

「えぇぇぇぇ!!　なにそれ!?　なんで断っちゃったの!?　来てもらえたら、ぜぇぇぇったいに、仲良くなれたのに！　なんのために、私が手伝ったと思うの？」

【新しいチヨちゃんスペシャル、試してみたい！　射程が七メートルもあるんだ！】

この妹は、いったい何を開発してしまったのだろう？　今は聞かないでおこう。

「シノちゃん、ママも早くエマちゃんと会ってみたいわぁ」

「いや、付き合ってすぐに家に連れ込むというのは……。大切にしたいんだ……」

「シノ兄は、気にしすぎ！　来てくれたら、私、バリバリに歓迎しちゃうよ？」

【安心して！　チヨちゃんスペシャルは、死なない程度の電圧だから】

「そうよ。ご飯だって、腕によりをかけて作っちゃうんだから」

【安心してちょうだい。折るつもりはないの。ただ、満遍なく外すだけよ】

困ったな。安心できる要素が、何一つ見当たらない。

「二人とも落ち着け。わざわざ来てもらうのであれば、入念に準備をすべきだ。歓迎は、豪勢なほうがいいだろう？」

　こういう時、久溜間道《くるまみち》ダンは頼りになる。常に冷静で、厳格な――

『ぬわんですってぇぇ!!　歓迎が豪勢なのは当然として、先延ばしなんて有り得ナッシング!!

今すぐに、『明日来てほしい』と言いなさい！　これは、命令よ！』

「――ということで、明日来てもらおう。それなら、準備を整えられる」

【命令とあれば、仕方ない】

　どうして、そうなった？

「あ、あ～……その、エマを招待するのは、もう少し先にしようと思ってる」

『えぇぇぇぇぇぇ!!　なんでぇ!?!?』「なんで!?」「どうしてかしら？」「なぜだ？」

あまりにも見事に四つの声が重なっていたので、思わず言葉に詰まる。

俺としても、早々に事態を解決しようと考えていた。

　しかしだ……

【もう少し泳がせて、背後に他の養子がいないかを確認するということか？】

【いや、違うんだ。むしろ、エマの背後には、ほぼ確実に誰もいない】

【なぜ、そう言い切れる？】

久溜間道《くるまみち》ダンの問いかけに答えるため、俺はスマートフォンを取り出した。

「色々と心の準備とか……。あと、できれば先にエマの家族に挨拶をしたいかなって……」

【これを見てくれ】

　そこに映されているのは、光郷《こうごう》グループから提示された新たな任務。

　この任務があったからこそ、俺は予定を変更せざるを得なかったのだ。

『鳳《おおとり》エマを、光郷《こうごう》グループに取り入れろ』


【これ、どういうこと？】

　チヨが呆気《あっけ》にとられた表情で俺にそう問いかける。

【俺にも分からん】

　この任務が告げられたのは、今日の放課後。公園で、エマとアイスを食べていた時だ。

【なるほどな。他の養子と協力しているような相手であれば、『グループに取り入れろ』などという任務は出ないか。……だが、この任務以外に情報の提示はないと？】

　俺は頷《うなず》いた。

【相変わらず、光郷《こうごう》グループからの任務は難解ねぇ】

　光郷《こうごう》ヤスタカの意志に基づいて提示される任務は、いつも突拍子もない内容だ。『迷子になった猫を発見しろ』、『潰れかけている中華料理店を繁盛《はんじょう》させろ』、『渋谷の占い師の占いを受け続けろ』といった、意味不明な内容が多い。

【でも、今までの傾向を考えると、エマさんにも何かがあるってことだよね？】

これまでの任務も、全てそうだった。

迷子の猫の飼い主の男は敏腕エンジニア。彼が開発したソフトは光郷《こうごう》グループとしても、喉から手が出るほど欲《ほっ》していた新システム。家族同然の猫を発見してくれた礼にと、彼は光郷《こうごう》グループへの協力を約束し、光郷《こうごう》グループは更なる発展の一途を辿《たど》った。

潰れかけていた中華料理店は、とある外食チェーンからの嫌がらせにより客足を途絶えさせられており、その外食チェーンの不正を暴いたことで、光郷《こうごう》グループはライバル企業を一社消滅させることに成功した。

渋谷の占い師はバックに巨大な詐欺グループがいて、それらの一斉検挙に力を貸した光郷《こうごう》グループは、日本の行政警察とより密接な関係を結ぶことに成功した。

つまり、チヨの言う通り、鳳《おおとり》エマにも俺達の知らない何かがあるということだ。

光郷《こうごう》グループの利益へと繋《つな》がり得る何かが。

『エマ、私達には時間がないの！　私達の未来のためにも、急いで遺産を手に入れないといけない！　それは、分かってるでしょ？』

『……っ！　そうだね！　未来のためにも頑張らないと！』

もしかしたら、今日の盗聴でそれが知れると思ったのだが、まるで分からんな。

いったい、なぜ光郷《こうごう》グループはエマを……

【光郷《こうごう》グループの目的は分からないけど、いい手段なら一つあるわよ】

その時、久溜間道《くるまみち》イズナが、優しい笑みを浮かべながら家計簿を見せてきた。

いい手段とは、いったい……ん？

「ねぇ、シノちゃん。慎重になるのもいいけど、時には大胆になることも大切よ？」


【シノちゃんとエマちゃんが、本当の恋人になればいいのよ】


エマと本当の恋人になる、だと？

「えっと……。それって、どういう……」

【それが、今回の任務を達成する一番の近道ではないかしら？】

【ママ、ナイスアイディア！　そうだよ、二人が本当の恋人になれば任務達成じゃん！】

そうかもしれないが……

【光郷《こうごう》グループの目的が分からないまま、行動に移すのも……】

【ならば、そちらは俺とチヨで調べておこう。鳳《おおとり》エマの過去を洗えるだけ洗っておく。その間に、シノは鳳《おおとり》エマを籠絡《ろうらく》する。これで、問題ないな？】

悪い考えではない。悪い考えではないのだが……

『エマ、どうしたの？　心なしか、うっとりしているような……』

『……ひゃっ！　にゃ、何《にゃん》でもないよ！　別にシノなんて、全然興味ないし！　シノなんて、ただの都合のいいATMでしかないんだから！』

【固形物《ATM》は、人から愛されることが可能なのだろうか？】

無理だ。やはり、別の手段でエマを――

【自信がないのか？】

久溜間道《くるまみち》ダンの記したシンプルな一文が、俺のプライドを刺激する。

一流の諜報員《エージェント》であるこの俺に、『自信がない』だと？

【そういうわけではない】

【なら、問題ないな？】

【当然だ】

エマに愛されないまま、正体に気づかれたら任務失敗。

エマに愛され、彼女を光郷《こうごう》グループに取り入れることができたら任務成功。

あぁ……。明日が楽しみだよ。早くエマに会いたい。

クックック……。見せてやろうではないか。

この俺……久溜間道《くるまみち》シノの諜報員《エージェント》としての実力を！

第二章
恋人任務

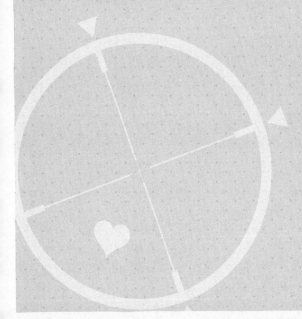

鳳《おおとり》エマと、本当の恋人関係を結べ。

それが、俺——久《く》溜《る》間《ま》道《みち》シノに課せられた新たなる任務《ミッション》。

これまでにこなしてきた任務《ミッション》とは、あまりにも毛色の異なる任務《ミッション》だが、案ずることはない。

一流の諜報員《エージェント》であるこの俺に、こなせぬ任務《ミッション》などないことを証明してやろうではないか。

…………

「はっ！　はっ！　はっ！」

朝、息を切らして待ち合わせ場所へと向かう。

無論、準備に手間取ったわけでも、寝坊をしたわけでもない。

最高のときめきを鳳《おおとり》エマへ提供するために、あえてこのような行動を取っている。

さて、エマは……来ているな。よし。任務開始《ミッションスタート》だ。

「おはよう、エマ！」

「あっ！　おはよ……う？　シ、シノ？」

「ふぅ……。どうにか、間に合ったよ」

諜報員
笑顔壱式

額の汗を腕で拭う。それにより汗が太陽光を反射し、星屑《ほしくず》のような光景を生み出す。

加えて、見る者全ての心を晴れやかにする諜報員笑顔壱式《エージエントスマイル》。

この時点で、もはや任務は成功したも同然だが、当然ながら追撃はやめない。

極めつけの究極のときめき。それは…………食パンだ。

昨晩熟読した訓練教材で、食パンをくわえながら大急ぎで走ると大いなるときめきを生み出すことを学ばせてもらったからな。これを利用しない手はない。

無論、一流の諜報員《エージエント》たる俺だ。教材通り、ただ食パンをくわえてやってきたのではない。

食パンはアルカリイオン水と厳選した素材を使った、水にこだわる高級食パン。

塗布したジャムは、フルーツのうま味を最大限引き出す無添加にこだわった高級ジャム。

どちらも、銀座で購入した。

これにて、任務完了《ミッションコンプリート》。エマは、確実に俺へ恋心を――

「とりあえず、ちゃんと食べてから行こっか……」

バカな！　興味を示さないどころか、呆《あき》れた視線を向けられたぞ⁉

なぜだ？　訓練教材では確かに……まさか！　文化の違いか⁉

エマはイギリス育ちだ。日本とは違う常識を所持している可能性がある。

俺もまだまだ甘いな。任務達成を急《せ》くばかりに、固定観念に囚《とら》われてしまっていたか。

「ありがとう。じゃあ、少し待ってもらえるか？」

「あ、はい」

もちもちとした食感、フルーツの濃厚な味わい。さすが、銀座。

「すまない、待たせてしまったか？」

「大丈夫、気にしてないよ！　今日もシノと会えて嬉《うれ》しい！」

こ、この女！　照り輝く太陽に匹敵する笑顔を向けてくるだと⁉

なんと美しい……って、そうではない。落ち着け。落ち着くのだ。

目的はエマを恋に落とすことであって、決して俺が落ちることではない。

「俺もエマと会えて嬉《うれ》しいよ」

こちらも反撃《カウンター》だ。くらえ、諜報員笑顔《エージェントスマイル》弐式。

訓練で身につけた、標的を油断させる無害さを極めた笑顔だ。

「えっと……、なんか今日のシノ、すごく……」

「どうかしたか？」

クックック……。分かっているぞ、エマ。ときめきが止まらないのだろう？

今すぐにでも、この俺に身も心も預けたくなるような……

「とりあえず、行こっか」

なっ！　ど、どうなっている⁉

昨日は手を繋《つな》いで歩いてくれたのに、今日はなしだと！

危機的状況だ。早急に状況を改善せねば……っ！

「待ってくれ、エマ」

「ん？　どうしたの、シノ？」

「あ〜、その、手を……繋《つな》がないか？」

しまった……。つい、うろたえてしまい、シンプルに願いを告げてしまった……。

もっと、他にいい手段が……

「うん！　いいよ！」

む？　なぜか分からないが、上機嫌な笑みを浮かべて手を繋《つな》いでくれたではないか。

しかも、これほどまでに素晴らしい笑顔を向けてくれるとは…………ハッ！

「ふんぬっ！」

「わっ！　シノ、どうしたの？　突然、すごい鼻息が出てるけど……」

「気にしないでくれ。少し気合を入れただけだ」

危なかった……。どうやら、俺は気づかぬうちにエマの術中にはまっていたらしい。

あえて手を繋《つな》がず歩くことで、こちらの焦燥感を煽《あお》る。その後、笑顔で要求を呑《の》む。

これが俗に言う、飴《あめ》と鞭《むち》か。なんと恐ろしい女だ……。

「なら、いいけど……」

おかしい……。エマは特殊な訓練を受けていない一般人のはずだ。

にもかかわらず、なぜこうも完璧に俺への攻撃を繰り出すことができる？

まさか、エマは数多《あまた》の男を籠絡《ろうらく》した、ハニートラップの使い手なのか？

「そうだ！　あ、あのさ、シノ……。今日の私、どうかな？」

「………っ！」

これは、訓練教材でも確認したことがあるぞ。

一見すると変化のない女。しかし、よく確認すると細かな変化がある。

気づけるかどうかで、評価は天と地だ。必ずやり遂げなくては……。

「そうだな……」

エマの外見の変化……特になし。今日も胸部に危険な武器《小型拳銃》を潜ませている。

となると、いったいエマは……ん？　待て。この香りは……。

「いつもよりいい匂いがするな。もしかして、シャンプーを変えたのか？」

「わぁぁぁ！　そうなの！　ちょっと奮発をして……変？」

「いや、すごくいい香りだと思うよ」

俺は今、天へと届き得る大いなる一歩を踏み出した。

そういえば、かつての任務で何の変哲もない小部屋に通されたと思ったら、室内に透明な毒ガスが充満していたことがあったな。

恐らく、このような事態を想定して、久溜間道《くるまみち》ダンはあの現場に俺を連れていったのだろう。

さすがは、暗号名《コードネーム》『盾《イージス》』。俺を遥《はる》かに上回る超一流の諜報員《エージエント》なだけある。

「ありがとう、シノ！」

よし。失敗は取り戻したぞ。戦況は、イーブンへと持ち込めた。

いや、むしろこちらが優位に立っただろう。細かな変化に気づいたことで、エマは――

「ねぇ、シノ。今日も色々教えてもらってもいい？」

う、上目遣いだと⁉　この女、何という高等技術を携えているのだ。

思わず全ての任務《ミッション》を放棄して、ありとあらゆることを伝えたくなったではないか。

「いいぞ、何でも聞いてくれ」

「ふふふっ。ありがとっ！　じゃあ～……」

攻撃の回避は不可能。ならば、防ぎきるしかない。

大丈夫だ。俺ならば耐えられる。なぜなら、俺は一流の――

「シノの貯金額、教えて！」

果たして、これはハニートラップとして有効な手段なのだろうか？

「もちろん、正確な額じゃなくて大丈夫だよ！　〇《ゼロ》が何個付くかだけでいいから！」

分からん……。瞳を￥マークにして見つめることに、どのような効果がある？

「その、エマは金が欲しいのか？」

「えっ！　べ、別にそんなことはないよぉ！　お金なんて、生活ができるくらいあれば充分！

だから、光郷《こうごう》ヤスタカの遺産になんてこれっぽっちも興味はないんだから！」

そこまで言ったら、まずいのではないだろうか？

「うぅ……。うまくいかなかったよぉ……」

よく分からんが、俺はエマの攻撃を乗り切ることができたようだ。

残念だったな、エマ。一般的な男子高校生であれば、瞳が¥マークになった瞬間、圧倒的な胸の高鳴りにより、全てをさらけ出していたかもしれないが俺は一流の諜報員《エージェント》だ。

君の思惑通りにいくとは、思わないでいただきたい。

「一生懸命、考えたのになぁ……」

しかし、こうして落ち込む姿は愛おしいな。少しくらいなら情報を……ハッ！

これが狙いか！　¥マークからのしょんぼりという二段構え！　なんと恐ろしい……。

ならば、こちらも仕掛けるしかない。

「次は、俺がエマのことを教えてもらってもいいか？」

攻撃は、最大の防御。一流の諜報員《エージェント》の技術《スキル》で――

「シノが私のことを？」

お、おのれ……。まるで、追撃をやめるつもりがないようだな……。

キョトンとした表情。普段が気高き高嶺《たかね》の花だとするならば、今は野原に咲く可憐《かれん》なる花。

だが、一流の諜報員《エージェント》にその程度の攻撃が通用すると思うな。

次にこういった機会があれば、スマートフォンにて撮影させてもらうから覚悟しておけ。

「ああ。エマのことをもっと知りたいんだ」

やられたら、やり返せ。先程のエマの技術を参考に上目遣いで問いかけてやった。

クックック……。どうだ、エマ？　まさか同様の攻撃が来るとは思わなかっただろう。

果たして、君は俺の攻撃に耐えられるかな？

「うわぁ……。うん……。私に答えられることなら、答えるけど……」

手を繋《つな》いでいるにもかかわらず、一歩距離をあけられた。……なぜだ？

俺はエマのように整った顔立ちをしているわけではないが、とある書物によれば、整った顔立ちよりも平凡な顔立ちのほうが、美女に好まれるケースがあると……。

いや、問題点を探すのは後だ。それよりも、今はこの千載一遇のチャンスを活《い》かさねば。

「もしエマが、想像を超えるような大金を手に入れたら、どうする？」

「ん～……。私なら、人を助けるのに使う。苦しんでいる人を助けるためには、沢山のお金が必要だもん。だから……」

本心で言っているのか、偽りの善意を見せているのか、どちらだ？

「シノ、どうしたの？　なんだか、怖い顔をしているけど……」

しまった。表情に出てしまっていたか。くそ、俺もまだまだ未熟だな。

「いや、なんでもない。少し考え事をしていただけだ」

「そ、そう？　怒って、ないの？　もし、私が何か変なことを言ったなら……」

繋《つな》いだ手から伝わってくる震え。怯《おび》えさせるつもりはなかったのだが……。

「心配いらない。俺はどんな時でもエマの味方だ。怒るわけがないじゃないか」

「どんな時でも……ほ、ほんと？」

よし。エマが、どこか期待するような目で俺を見つめてくれているではないか。

確実に効果ありだ。……慢心するな。敵は仕留められる時に、確実に仕留める。

昨日の晩、一睡もせずに得た新たなる殺し文句《必殺技》を使うのは、今を措《お》いて他にない。

「当然だよ。俺が生きる理由……それはエマなんだから、さ」

はて？　なぜエマは、とんでもない汚物を見るような目で俺を見ているのだ？

いったい、何を間違えた？

◇

「……難問だ……」

直正高校《ちよくせいこうこう》に到着し、エマのクラスの前で彼女と別れた後、俺は自席で頭を抱えていた。

なぜだ？　なぜ、こうなってしまったのだ？

通用しない攻撃もあったが、効果のあった攻撃もあったはずだ。

にもかかわらず、最終的にはエマから汚物を見るような眼差《まなざ》しを向けられ、その状態が改善されないままに直正高校《ちょくせいこうこう》に到着してしまった。

究極の恋愛技術《スキル》……空気の壁を叩《たた》くエアドンすら通用しないとは……。

「情けない、な……」

これまで俺は、実戦訓練という形で数多《あまた》の任務《ミッション》をこなしてきた。

国際指名手配犯の捕縛、紛争地帯の鎮圧、要人の護衛。一歩間違えれば、命を落としかねない危険と隣り合わせの経験……それにより、俺は一流の諜報員《エージェント》としての技術《スキル》を身につけた。

しかし、そんな俺を以《もっ》てしても、今回の任務《ミッション》の達成はあまりにも困難だ。

もはや、サバンナのど真ん中に裸一貫で置き去りにされるほうが、マシな気さえしてくる。

「珍しいね、シノがため息をつくなんて」

興味はないが、暇つぶしの相手にはなりそうだ──そんな態度で俺に無機質な声を届けてくる女が一人。藤峰《ふじみね》と同様、同じ中学から直正高校《ちょくせいこうこう》へやってきたクラスメート、影山《かげやま》リンだ。

整った目鼻立ちに、知的な印象を与えるスクエア型の眼鏡。やや主張の強いバストの上には、前時代的とも言える三つ編みが覆いかぶさっている。学内でも、特に目立つ美人ではあるのだが、人を寄せ付けない空気を発しているためか、交友関係は非常に狭い。

「影山《かげやま》か……」

「リン。何回言わせるつもり？」

高校生になってから、影山《かげやま》と交流する度にこの言葉を告げられている。

本人曰《いわ》く、「それなりに付き合いも長いんだから、名前で呼んでほしい」とのことだ。

「君と親しい間柄だと思われると不都合だと、以前に伝えていたが？」

「私はシノと話せないと、不都合だって前に伝えたよね？」

不機嫌な声と共に、正面へと着席。そこはコウの席だが……今日は朝練だったな。

「で、何に悩んでるの？　有名人は大変ってところ？」

「俺は有名ではない……とは言い切れないか」

「少し前までは日陰者だったけど、今は随分と綺麗《きれい》な太陽に照らされてるからね」

「日陰者には、不釣り合いな相手だと思うか？」

「別に。人間なんて肉と皮を取ったら、みんなそろって骸骨でしょ」

達観した意見だ。

「その態度を見る限り、ため息の原因は自分が注目されてることじゃないみたいだね」

影山《かげやま》は聡明《そうめい》だな。たったこれだけの会話で、そこまで理解するとは。

……そうだ。もういっそ、影山《かげやま》に相談するというのはどうだ？

彼女と必要以上に交流は取るべきではないが、この状況であれば……

「影山《かげやま》……」

「これ以上、話を聞くつもりはないから」

「分かった。なら、話はここまでだな」

「……卑怯《ひきょう》な男」

露骨に不機嫌な表情を浮かべているが、俺としてはどちらに転んでも好都合。

影山《かげやま》と最低限の交流で済ますもよし。アドバイスをもらうもよしだ。

「内容によっては答えてあげる」

「エマから愛されたい。どうすればいい？」

「まず、『愛されたい』なんて表現を使うのをやめたほうがいい」

冷めた表情で一蹴。相談相手を間違えただろうか？

「なぜだ？」

「気持ち悪い。重い」

胸に鈍い痛みが走る。自分を根本から否定されたかのような気持ちだ。

「そもそも、それって付き合う前の悩みじゃないの？」

「そういうケースもあるだろうが、俺の場合は付き合った後も継続中の悩みだ」

「くす……。だろうね」

影山《かげやま》が、僅かに声を弾ませた。何が楽しいのやら。

「っていうか、金曜日に恋人になったんでしょ？　土日でデートとかしてないの？」

「土日は、別件で立て込んでいてな」

土曜日は、送別会。近所に住む田辺《たなべ》夫婦は俺の命を狙う刺客だったので、粛々と無力化し、新たな門出へと送ってやった。日曜日は、引越しの手伝い。田辺《たなべ》の拠点《アジト》に向かい、裏で糸を引いているであろう養子の調査を行ったが、手掛かりはなし。ご近所付き合いも大変だ。

「そっか。まだデートもしてないんだ」

さらに上機嫌に。本当に、影山《かげやま》は何を考えているかよく分からない。

「続きを話してもいいか？」

「どうぞ」

「エマに愛……好まれたいのだが失敗した。自分なりに勉強はしたつもりなんだが……」

「勉強した結果、何をしたの？」

「主に、エマが俺を好むであろう行動をとった。例えば――」

「そこまで話さなくていいよ。聞きたくもないし、原因は分かったから」

信じられん。たったこれだけの情報で、原因を解明したのか？

まさか、影山《かげやま》は数多《あまた》の男を手籠めにした恋愛のスペシャリストなのでは……

「……何か勘違いしてそうな顔をしているから言っておくけど、私は誰かと恋愛関係になったことはないよ。それでも、シノが失敗した理由は分かるってだけ」

「経験がないのに、分かるものなのか？」

「恋愛偏差値マイナス一〇〇のシノよりはね」

容赦のない言葉だ。しかし、否定ができないのもまた事実。

「シノは、太陽ちゃんに自分が好かれるために色々したって言ってたよね？」

太陽ちゃん……エマのことか。

「ああ。最善の手だと思ったからな」

「逆だよ。それは最悪の手。汚い下心のある、自分のための行動なんて響くわけない」

「……っ！」

「自分の身を顧みないで、誰かのために行動する。響くのは、そういう時じゃない？」

最後に、「私だけかもしれないけどね」と影山《かげやま》は小さく呟《つぶや》いた。

そうだ。そうじゃないか……。

善意を利用し他者を欺き、自らの利益を得ようとする。

そんな腐った人間を、俺は何人も見てきたじゃないか。

「計画修正。いや、意識改革だな」

任務のことは一度忘れて、エマを笑顔にすること、彼女の幸せだけを考えて行動しよう。

となると、まずは……

「明日の朝は、エマに食パンを食してもらうか」

「それは、絶対違うと思う」

「そうなのか？　ならば、いったいどうしたら……」

「さぁ？　そこは色々試してみるしかないんじゃない？」

「試して失敗したら、それこそ……」

「私で練習する？」

唐突に、甘美な誘いが訪れた。

「友達もろくにいないぼっちの女だから時間はたっぷりあるし、何をしてくれてもいいよ」

同い年とは思えない、妖艶《ようえん》な雰囲気を醸《かも》し出《だ》す影山《かげやま》。僅かに首を傾《かし》げながらこちらを見つめるその仕草は、俺の鼓動を早めるには充分な威力を誇っていた。

「やめておく」

「賢明だね」

言葉とは正反対の、不機嫌な表情。以前から、俺は影山《かげやま》を不機嫌にすることが多い。

「影山《かげやま》、ありがとう。おかげで、少しだけ光明が見えたよ」

「だとしたら、いい加減私の要求も呑《の》んでもらいたいね」

「努力する」

「努力の結果が見られなかったら、それ相応の罰を与えるから」

影山《かげやま》は不機嫌な様子で立ち上がり、自席へと戻っていった。

どうやら、また怒らせてしまったようだな……。

「あ、いた！　ねぇ、鳳《おおとり》さん。ちょっといい？」

「え？」

休み時間、私──鳳《おおとり》エマが教室の外に出ると、女の子に声をかけられた。

わっ！　この子、すっごくスタイルが良くてかっこいい！　なんだか、憧れちゃうな。

「その、貴女《あなた》は……」

「っと、そうだったね！　うち、三組の藤峰《ふじみね》アン！　よろしくね！」

「あ、うん、よろしく。っていうか、三組って……」

「そっ！　シノちゃんと同じクラス！」

「……っ！　そう、なんだ……」

「あは！　そんな警戒しなくていいよ！　うちとシノちゃんは同じ中学の出身で、他の人より
ちょっと付き合いが長いってだけだからさ！」

「へ、へぇ～……」

シノォ～！　こんなに素敵な人と同じ中学だったなんて、私、聞いてないよ！

警戒しないで平気って言ってるけど、そんなの無理！

だって、こんな素敵な人がシノを『シノちゃん』って呼んでるんだよ？　要注意人物だ！

「えっと、藤峰《ふじみね》さんは私に何か用があるんだよね？　どうしたの？」

「いやぁ～。あの朴念仁のシノちゃんに彼女ができたって聞いてさ。しかも、それが鳳《おおとり》さんなんて、超ビックリじゃん？　でさぁ、聞きたいんだけど……」

藤峰《ふじみね》さんが、私を試すような目で見つめる。

「シノちゃんのこと、本当に好きなんだよね？」

「…………っ！　あ、当たり前じゃん！　そうじゃなかったら、恋人になってないよ！」

「あれぇ？　怪しいぞぉ～？　なんかごまかしてない？」

「ごまかしてないよ！　私は、シノが好き！　今朝も大分……こほん。ちょっと変なことはしてたけど、シノはいつだって一生懸命だし、すっごく優しいし……えっと、とにかく私はシノが大好きなの‼　だから、藤峰《ふじみね》さんには渡さないからね！」

「へ？　うち？」

「そうだよ！　藤峰《ふじみね》さん、かっこいいし、私じゃ敵《かな》わないかもだけど、シノの彼女は私なの！　だから、絶対に……絶対に、シノは渡さないんだから！」

私が、シノの彼女なの！　藤峰《ふじみね》さんには、負けないんだから！

そっちのほうが付き合いが長かったとしても、気持ちの大きさだったら……

「えっとさ……結構恥ずかしいことをでかい声で言ってるけど、だいじょぶ？」

「……え？　……あっ！」

　ここ、廊下だった……。つぃカッとなって周りが見えなくなっちゃってたけど、沢山の生徒、それに先生も何人かいて……

「〜〜〜っ!!」

「あははは！　鳳《おおとり》さんって、面白いね！　とりま、安心していいよ！　うちは別にシノちゃんが好きってわけじゃないからさ！」

「ほ、ほんと？」

　なら、私の勘違いってこと？　藤峰《ふじみね》さんは、ただシノの友達として——

「うん。……多分ね」

「……たぶっ！　それって、どういう意味!?」

「さぁ、どういう意味でしょう？」

　意味深な笑みで私を見つめる藤峰《ふじみね》さん。

　これって、やっぱりそういうことだよね!?

　どうしよう！　もしも、シノが藤峰《ふじみね》さんのことを好きになっちゃったら……

「って、そろそろ休み時間も終わりか。じゃ、そゆことで〜」

「あっ！　待ってよ！　私も聞きたいことが——」

「待ちませぇ〜ん」

一生懸命呼び止めても、藤峰《ふじみね》さんは私の話も聞かずに去っていってしまった。
うぅぅぅぅ！　折角、順調に作戦が進んでたのに、まさかのライバルの出現だよ！
っていうか、シノもひどい！　どうして、藤峰《ふじみね》さんのことを教えてくれなかったの！
今日のお昼休みに、しっかりと話を聞かせてもらうんだからね！

昼休み。俺——久溜間道《くるまみち》シノは屋上でエマと合流し、共に昼食の時間へ。

教室を出る時、担任の能美《のうみ》先生が屋上へ向かう俺の姿を見て、「青春してんなぁ～」と気だるそうに呟《つぶや》いていた。今日の監視は……七人か。昨日よりも増えているな。

まぁ、いい。特に気にせずに、エマとの昼食を——

「シノ！　藤峰《ふじみね》さんとは、どういう関係⁉」

「は？」

「同じ中学の子なんだよね⁉　今日の休み時間にお話ししたんだから！」

あの女は、いったい何をやっている？

まさか、藤峰《ふじみね》がエマに対して直接コンタクトを取るとは……。

「同じ中学の出身というだけだ。別段、仲が良《い》いわけでも……」

「うぅ～！　じゃあ、どうして藤峰《ふじみね》さんは、シノを『シノちゃん』って呼んでるの？」

やや涙目になりながら、不平を訴えるエマ。なぜと言われてもな……。

「特に理由はないと思うぞ。藤峰《ふじみね》は、男女問わず名前で呼ぶ傾向があるし……」

「え？　そうなの？」

「ああ」

事実、俺だけでなくコウも名前で呼ばれているからな。

「そっかぁ〜！　なら、心配はいらないね！　……って、油断は禁物だよ！」

というか、藤峰《ふじみね》のことを詳しく聞きたいのであれば、昨日と同様に自白剤を俺に食べさせてからのほうがよかったのでは？

「いい、シノ？　シノの彼女は私だよ！　だから、シノは私の彼氏なの！」

「ああ。俺はエマの彼氏だ」

「ふふっ！　よろしい！」

ひとまず、機嫌は回復したようだ。ただ、なぜか激しく疲れが押し寄せてきた。

恋愛とは、かくも難しいものだ……。

「実は、今日もシノにお昼ご飯を作ってきたの！」

「ああ。ありがとう……」

「ふふっ！　昨日はサンドイッチだったから、今日はおにぎりにしてみたよ！」

おにぎりに、たまごやき、たこさんウインナー。

一見すると、普通の弁当だ。しかし、その中身は……

「いっぱい食べてね！　それで一〇分くらいしたら、私の質問に答えてほしいな！」

どうやら、今日も自白剤が混入されているようだ。

効果が出るのが一〇分後ということは、それまでは――

「あっ！」

「ん？」

屋上に、クゥ～という可愛《かわい》らしい音が鳴り響いた。

「～～～っ!!」

顔を真っ赤にして、自分の腹部を押さえるエマ。その態度だけで、音の発信源の断定は容易。

「エマ、自分の昼食はどうしたんだ？」

「え？　あっ！　いや、その……」

待て……。そういえば、昨日もエマは自分の弁当を持ってきていなかったのではないか？

なのに、俺は一人でエマの弁当も、久溜間道《くるまみち》イズナが作ってくれた弁当も食べて……

「ダ、ダイエット中なの！　だから、シノは気にしないで！」

嘘《うそ》だな。エマがダイエットをしているという情報など、聞いたこともない。

「ほ、ほら！　私のことは気にしないで食べ……あっ！　～～～っ！」

再度響く、腹部からのクレーム。

どうする？　最善の手段は、エマに弁当を返すことだ。

俺は自分の弁当があるし、これはエマが食べてくれ――完璧な正当性。

そのうえ、幸いにも向こうが自白剤を混入してくれているから、これをエマに食べてもらえれば、俺は様々な情報を入手することができる。「なぜ、遺産を狙っている?」、「裏に、誰かいるのか?」、「いったい、君はどの程度俺を好んでいる?」、「好きなタイプは、どんな男だ」。喉から手が出るほど欲しい情報ばかりだ。

よし、そうと決まれば……

「よかったら、俺の弁当はエマが食べてくれないか? 二つ食べるのは、少し苦しいのでな」

自分の身を顧みず、相手を想《おも》った行動をとれ。

影山《かげやま》から教わったことを実践するのは、今を措《お》いて他にない。

「え? い、いいの?」

「ダイエット中だとしても、無理は禁物だ。だから、エマが食べてくれ」

「わぁ~! ありがとう、シノ!」

非効率なことをしているのは分かっている。

それでも、今のエマの笑顔には、俺が求めている情報以上の価値を感じられた。

…………

……

「ごちそうさま! ありがとう、シノ! すっごく美味《おい》しかった! ……あっ! 待って! まだ一粒残ってる!」

弁当箱の端に残っていたご飯粒をパクリと食べて、幸せそうな笑みを浮かべるエマ。

俺は俺で、エマの作ってきてくれた弁当を完食。そして、俺が自白剤を食べ始めてからそろそろちょうど一〇分だ。なので、今日もエマから質問攻めが来ると思っていたのだが……

「………」

なぜか、エマは何も聞いてこない。

空っぽになった弁当箱を見つめて、どこか思い悩む表情を浮かべている。

「あのさ、シノ……。私の作ってきたお弁当だけど、……美味《お い》しくなかったよね？」

「いや、そんなことはないぞ」

昨日と同じ配合だと俺に耐性ができている可能性を考慮して、異なる配合で作られていたからな。これこそ、まさに匠《たくみ》の技。七篠《ななしの》ユキの薬物生成技術は確かなものだと感心させられた。

「ごまかさなくても平気だよ。私、料理へたっぴだから……」

「………」

困ったな。嘘《うそ》はついていないのだが……。

「でも、シノのお弁当は全然違った。すごく美味《お い》しくて、すごく温かかった……」

「すでに、冷えていたと思うが……」

「くす……。そういう意味じゃないよ。作ってくれた人の愛情がこもってるって意味」

そう言われると、妙に照れくさかった。

「きっと、シノの家族はシノのことが大好きなんだね」

「そうなのか？　……そうだと嬉《うれ》しいな」

「ふふっ。シノも家族が大好きなんだ？」

「ああ。それに、返しきれない恩もある」

光郷《こうごう》グループのために尽くせ。

幼い頃から、光郷《こうごう》ヤスタカに何度も言われ続けていた言葉。

俺は、その言葉を疑うことなく、凄惨という言葉すら生温《なまぬる》く感じる日常をこなしてきた。

「どんな恩があるの？」

「そうだな……」

死と隣り合わせの日常。だが、そんな日常の中にも温かさがあった。

任務で危うく命を落としそうになった時、久溜間道《くるまみち》ダンは身を挺《てい》して俺を守ってくれた。

自らの力不足に嘆いていた時、久溜間道《くるまみち》イズナは優しく俺を抱きしめてくれた。

人を信じられなくなった時、久溜間道《くるまみち》チヨは俺を信じ続けてくれた。

「道標になってくれたんだ」

久溜間道《くるまみち》ダン、久溜間道《くるまみち》イズナ、久溜間道《くるまみち》チヨ。

彼らがいてくれたからこそ、俺は今でも人の心を失わずにいられている。

だからこそ、必ず光郷《こうごう》グループから提示される任務を全て達成してみせる。

その先に、待っているかもしれないから。

俺の夢である、『家族との平穏な日常』が。

「なんだか、私とちょっと似てるなぁ」

「似てる？」

「うん……。私のそばにも、昔はいたんだ。すごく美味《おい》しい、愛情がめいっぱい入った温かいご飯を作ってくれる人が。その人が、私の道標だった」

「今はいないのか？」

「そうだね。ちょっと、遠くにいて、ね……」

エマが育った場所は、光郷《こうごう》グループが運営するイギリスの児童養護施設だ。

ならば、その人物はその頃の知り合いということだろうか？

だが、なぜエマはこんなにも寂しげな表情を……

「シノ、どうしたの？」

「いや、何でもない」

どうやら、俺はまだまだエマについて知らないことが多いようだな……。

「あのさ、シノ。ちょっとお話があるんだけど」

「どうした？」

そろそろ、昨日と同様の質問攻めの時間になるようだな。

少しは距離を詰められたのではと期待していたが、それは欲張りが過ぎるというものか。

が、考えてみれば当然のことだ。

優れた美貌に、ユーモアに溢《あふ》れた性格で、直正高校《ちょくせいこうこう》でも大人気の鳳《おおとり》エマ。

あまりの人気から、密《ひそ》かにファンクラブすら結成されるほど。

対して、俺はどうだ？　大した特徴もない平凡な男。

光郷《こうごう》ヤスタカの遺言がなければ、エマにとって何一つ価値などない。

分かっている。分かっているのだが、どうにも、な……。

「私、両親がいないの……」

「む？」

エマの口から伝えられた言葉は、俺の予想とは異なるものだった。

「一三歳になるまでずっと児童養護施設で育って、ボランティアで来てくれていた人が里親になってくれたの。それで、今はその人と暮らしてるんだ……」

「そうなのか……」

エマが七篠《ななしの》ユキと共に暮らしていることや、二人に血の繋《つな》がりがないのは知っている。

しかし、なぜそんな話を？

「学校のみんなから、『育ちがいい』とか『お金持ちそう』って言われるんだけど、本当の私はみんなが思ってるような女の子じゃない」

周りがどう思おうが、自分がいたい自分でいればいい。

そう伝えるかどうか迷った結果、俺は伝えなかった。……いや、伝えられなかった。

エマが喜んでくれるかどうか、分からなかったから。

「両親のいない女なんて、嫌だよね？」

「なぜ、嫌がる必要があるんだ？」

「どうして？　私、両親がいないんだよ？　シノが思ってるような子じゃないんだよ？」

「俺は、エマをそのように思ったことはない。なにより、エマにとってその里親の人は大切な家族なのだろう？」

「うん……。すっごく大好きな、私の大事な家族……」

「なら、いいじゃないか。大事なのは血の繋《つな》がりではなく、心の繋《つな》がりだ」

「ほんと？　本当にそう思ってる？」

「もちろんだ。俺にとって最も大切なのは、エマ自身。その経験が今のエマにしてくれたのだから、嫌がる理由など何一つない」

「…………」

まだ俺を信じきれないのか、エマが少しだけ俺から距離を取る。

「エマ、俺は嘘《うそ》なんてついてない。本当にそう思っているんだ」

「そ、そうかもしれないけど……」

真実を真実と伝えるのは、難しいものだな……。

「……あっ！　待って！」

その瞬間、エマの美しい碧眼《へきがん》がとらえたのは、俺の手の中にある彼女が作ってきた弁当。

なぜ、このタイミングで……そうか。そうじゃないか。

「本当だ！　シノ、嘘《うそ》ついてない！」

エマの弁当には、自白剤が入っていた。耐性のある俺には効果がないのだが、エマはそのことを知らない。つまり、俺が自白剤によって真実しか言えないと思っているんだ。

「嬉《うれ》しい！　シノ、私、すごく嬉《うれ》しい！」

「わっ！」

言葉を感情に。エマが、とびきりの笑顔で俺の胸に飛び込んできた。

「私、シノなら信じられるかもしれない……。シノなら……」

胸の中で、甘い吐息と共に伝えられるエマの言葉が俺を満たしてくれる。

知らなかったな……。女性を喜ばせられると、こんなにも幸せな気持ちになるのか。

「まだ怖いけど、いつか……いつか、シノに未来のことを……」

「未来？」

「あっ！　な、何でもない！　何でも……なくはないけど、今は何も言えないの！」

言えないこと。恐らく、彼女が光郷《こうごう》ヤスタカの遺産を狙っていることだろう。

「構わない。そう言ってくれただけで充分だ」

「……ありがとう」

エマが俺を抱きしめる力が、より強くなる。

ところで、だ。

「優しいシノ。私を受け入れてくれたシノ。ユキちゃんに教えてあげないと……」

この態度を見る限り、俺はかなりの好意を得られたのではないだろうか？

今朝と比べると、段違いだ。これも全て、影山《かげやま》のアドバイスのおかげだな。

やはり、彼女は数多《あまた》の異性を攻略した、恋愛のスペシャリストに違いない。

よし。エマは確実に俺を異性として――

「お兄ちゃんみたいな人って！」

まだまだ、道は険しそうだ……。

◇

帰りのHRを終え、エマとの下校の際、昇降口で出会ったコウから「おっ！　今日は、昨日よりもラブラブだな！」と軽い言葉をかけられたが、俺の気持ちは重たいまま。

上機嫌に俺の手を握るエマの笑顔は素晴らしかったが、昼休みの最後に言われた言葉によって与えられたダメージからの回復には至らなかった。

暗鬱とした感情のままに、俺は久溜間道家《くるまみちけ》へと帰宅。重たい足取りでリビングへと入った俺の瞳に映ったのは、ソファーを占拠するチヨの姿。久溜間道《くるまみち》イズナはキッチンで夕食の準備を、久溜間道《くるまみち》ダンはテーブルでノートパソコンを操作している。

「おかえり、シノ兄。……って、どうしたの？」

「『固形物《ATM》』から『兄』へと進化した」

「はぁ～？」

返答の意味が分からなかったようで、チヨが首を傾《かし》げる。

俺は、そんなチヨの全身を入念に見つめていた。

久溜間道《くるまみち》チヨ。年齢は一四、中学二年生。身長は、一五〇センチメートルちょうど。つぶらな瞳に、耳の下より少しあるショートカット。僅かに膨らんだ胸部が、水色のノースリーブをより扇情的に見せている。僅かにめくれてしまっている黄色のミニスカートを注視すれば、その奥にある布地も見えてしまいそうだ。

こんな姿をさらしてはいるが、チヨもれっきとした諜報員《エージェント》。

そんなチヨが、家でだけは無防備な姿をさらす。

これは、つまり……

「あら？　シノちゃん、どうかしたの？」

「シノ、何か悩みでもあるのか？」

言葉を発しない俺へ、久溜間道《くるまみち》ダンと久溜間道《くるまみち》イズナもまた気遣いの言葉を送ってくれる。

「えっと、シノ兄？」

憂えた視線を俺に向けるチヨ。

チヨに女性としての魅力を感じるかと聞かれると、感じない。

なぜなら、家族だと思っているから。だが、果たしてそれは一般的なものなのだろうか？

特殊な境遇の俺だからこそかもしれない。ならば、確認せねばなるまい。

「チヨ、俺はお前を愛している。お前はどうだ？」

「へ？　え？　えぇぇぇ⁉」

紅潮する頬。狼狽《ろうばい》する瞳。加えて、心拍数も上昇しているのだろう。

「答えてくれ。どうしても知る必要があるんだ」

「え、えっと……」

めくれていたミニスカートを戻しながら、羞恥と困惑を露《あら》わにするチヨ。

しかし、俺の気持ちが伝わったようで、キュッと両手を握りしめると、

「も、もちろん大好きだよ……」

喜ばしい答えではあるが、まだ足りない。

昼休みにエマから言われた「お兄ちゃんみたいな人」。

この言葉の先に、エマの愛があるのかを知るためにも、徹底的に確認しなくては。

「そこに、性的な意味も含まれていると喜ばしいのだが……どうだ？」

「せ……っ！　シ、シノ、兄？」

「そうである場合、一糸まとわぬ姿を見せてほしい。あわよくば、キスなどのオプションも加えてくれると理想的だ」

俺がチヨに対して女性としての魅力を感じないのは、肉体関係を結んでいないからという可能性もある。一流の諜報員《エージェント》たる者、試せる可能性は全て試してみなくてはな。

「あ、あぁぁぁ……」

はて？　なぜチヨは、瞳に涙を浮かべて俺から距離を取っているのだ？

俺はただ、「お兄ちゃんみたいな人」の先に、エマから愛される未来があるかを——

「ママぁぁぁ！　シノ兄が、度を越したシスターコンプレックスを患《わずら》ってるぅぅ!!」

「チヨちゃん！　シノちゃんから、今すぐ離れて！」

「まさか、何らかの薬物を……っ！　シノ、そこを動くなぁ！」

直後、チヨは号泣しながら逃げ出し、久溜間道《くるまみち》イズナは俺に抵抗の間を与えることなく拘束し、久溜間道《くるまみち》ダンは問答無用で俺の腹部へと強烈な掌底打ちを放った。

……解《げ》せぬ。

【幕間：憤懣《ふんまん》の戦車《タンク》】

——〇一時〇三分　コンビニエンスストア。

「いらっしゃやせぇ～」

無機質な電子音と同時に、気の抜けた店員の声が耳に心地よく響く。

妙に活気があるよりも、こちらのほうが自分の性《しょう》に合っている。

「すいません。桜まんとハチチキ。それと、七三番下さい」

「あ～い」

店内に客は二名。一人はレジでＦＦ《ファーストフード》商品と煙草《たばこ》を。もう一人は、弁当を選んでいる。

面倒だが、帰るまで待つしかないな……。雑誌コーナーへと向かった。

……立ち読み防止のテープが貼ってあるな。それも、全ての雑誌に……。

「…………」

目的の物に手を出したいが、強固な防壁によって妨げられる。

まるで、今の自分を示すような状況に、苛立《いらだ》ちが募る。

「…………光郷《こうごう》シノ」

怒りが言葉となり、口から漏れ出した。

なぜ、あの男なのだ？　まだ、他の養子の方であれば理解することができた。

ヤスタカ様の養子は、自分の仕える『あの方』を含め、皆が優秀すぎる人物だからだ。

だが、光郷《こうごう》シノ。お前は違う。いくらヤスタカ様の血を引いていようと、高校生の若輩者が光郷《こうごう》グループの全てを引き継ぐなど、断じて認めることはできない。

だからこそ、その存在を消し去りたいのだが、それが容易ではない。

久溜間道《くるまみち》夫婦。あの忌々《いまいま》しい連中が、光郷《こうごう》シノの護衛についているからだ。

久溜間道《くるまみち》夫婦は、有事の際は光郷《こうごう》ヤスタカの影として、暗殺者の排除、敵対企業の制圧など、裏の世界で様々な活躍を見せていた超一流の諜報員《エージェント》だ。

どうやら子供もいたようだが、そちらについて詳しいことは分かっていない。

だが、久溜間道《くるまみち》ダンとイズナ……盾《イージス》と調色板《パレット》の恐ろしさは身を以《もっ》て経験している。

かつて、光郷《こうごう》グループの敵対勢力に雇われた諜報員《エージェント》だった時、あの連中とやり合った。

任務内容は、光郷《こうごう》グループの機密情報の奪取。

それ自体は、比較的楽に入手することができた。しかし、問題はその後だ。

いざ脱出となった時、連れてきた部下達は瞬《また》く間《ま》に捕らわれていった。

久溜間道《くるまみち》イズナ……調色板《パレット》の仕業だ。自らの姿を自在に変化させるあの女は、予《あらかじ》め我々の仲間の一人になりすまし、潜入部隊は全員内側から全滅させられた。

通信機から響く、阿鼻叫喚《あびきょうかん》。

生きた心地がしない中、たった一人脱出部隊との合流ポイントまで辿《たど》り着《つ》いた時は、心から安堵《あんど》したものだ。これで、助かった。自分は逃げ切ることができる。

しかし、それはまやかしだった。

瞳に映ったのは、地面に伏せる脱出部隊の面々。そんな中、悠然と立つ一人の男。

久溜間道《くるまみち》ダン……暗号名《コードネーム》『盾《イージス》』。すでに、脱出部隊は壊滅させられていた。

逃げる手段はない。だが、このままでは殺される。ならば抵抗して活路を——思考がそこまで辿《たど》り着《つ》いた瞬間、眼前には壁が広がっていた。

それは、地面と口づけを交わした証明。そして、盾《イージス》は言った——厄介な相手だった。

自画自賛にはなるが、自分は優秀な諜報員《エージエント》であるという自負がある。

諜報員《エージエント》同士の戦闘では全て勝利し、任務の失敗経験はなし。

そんな自分を一切の武器を用いず瞬時に捕らえ、厄介な相手だと? 理不尽にも程がある。

この世の理不尽に身悶《みもだ》えしている間に、当時の依頼主は光郷《こうごう》グループによって破滅の一途を辿《たど》り、自分も処分を待つだけの身となった。

全て終わりだ。死を覚悟し、絶望の底に沈んでいた時だ。

——こんなところで死ぬには惜しい人材だ。これからは、私に仕えろ。

『あの方』が、命を救ってくれたのは。

以来、光郷《こうごう》グループの諜報員《エージエント》として活動することになった。

本来であれば失われていた命。救ってくれた『あの方』のために、光郷《こうごう》グループに尽くしてきた。いつか、『あの方』が光郷《こうごう》グループを引き継ぐと信じて。

しかし二年前、ヤスタカ様は『あの方』ではなく、光郷《こうごう》シノを後継者として選んだ。

当然、『あの方』を含め、ヤスタカ様の養子はほぼ全員が光郷《こうごう》シノを亡《な》き者にしようとした。

しかし、成功した者は誰一人としていない。暗殺の類は、全て防がれた。

あの忌々《いまいま》しい、久溜間《くるま》道家《みちけ》によって。

心の内まで燃やし尽くすような憎悪《ぞうお》の炎に焼かれる二年間。

気がつけば、他の養子達は全員が手を引いた。

全てを諦め光郷《こうごう》シノに仕えることを選んだのか、機をうかがっているのか分からない。

だが、これはある意味、好都合な展開だ。足の引っ張り合いが起きないのは有難《ありがた》い。

他の養子達が大人しくしている間に、こちらで光郷《こうごう》シノを殺せば……そう思っていた。

が、この世界はどこまでも不都合にできているようで、最悪の事態が起きた。

……先日の土曜日のことだ。

光郷《こうごう》シノはデートスポットの研究をするという、何とも高校生らしい理由で単独行動を開始した。千載一遇のチャンスだ。

以前から奴《やつ》らを監視していて感じていたことだが、久溜間《くるま》道家《みちけ》の警護には穴が多い。

いくら本人の希望があったとしても、護衛対象を単独行動させるなんて有り得ないだろう。

もちろん、その単独行動は我々のような反乱分子をおびき出す罠《わな》であるという可能性も考慮しているが、こちらとしては光郷《こうごう》シノの命さえ奪えればいいのだから問題ない。

そう考え、プロの諜報員《エージェント》を奴《やつ》へと差し向けた。

暗号名《コードネーム》『恋人《ラヴァーズ》』。田辺《たなべ》という偽名で、この地域に潜ませていた私の部下だ。

近距離での暗殺を得意とする『刺女《スティング》』と、遠距離からの狙撃を得意とする『射男《スナイプ》』。

幾人もの要人の命を奪ってきた、暗殺者夫婦だ。

あの二人であれば、仮に失敗をしたとしても、光郷《こうごう》シノというお荷物がいれば久溜間道家《くるまみちけ》から逃げ切れる。そう考えていた……が、私のその思考は根本から覆されることになる。

異変に気がついたのは、刺女《スティング》がその場に崩れ落ちた瞬間。

光郷《こうごう》シノは、射男《スナイプ》が遠距離から放った弾丸をいとも容易《たやす》くかわすと、近距離から拳銃で狙っていた刺女《スティング》の下へと即座に移動。刺女《スティング》は顎を拳で貫かれ、その場で意識を奪い取られた。

最初の狙撃がかわされた時点で、即座に逃亡を開始した射男《スナイプ》だったが、すでに逃走経路まで読まれていたようで、待ち受けていたのは最強の諜報員《エージェント》……盾《イージス》。

抵抗する暇さえ与えられることなく、射男《スナイプ》は瞬時に身柄を拘束された。

たった三分。たったそれだけの時間で、裏の世界で恋人《ラヴァーズ》と呼ばれ、恐れおののかれていた諜報員《エージェント》が捕らえられ、あの男……光郷《こうごう》シノは言った。

——明日から色々忙しいから、今日のうちに面倒事を解決したかった。

予想通り、穴のある警護は反乱分子をおびき出すための罠《わな》だった。

しかし、光郷《こうごう》シノ自体の戦闘能力が高いのは、想定外にも程がある。

幸いにも、私がこうして無事である以上、恋人《ラヴァーズ》から情報は漏れてはいないのだが……失った戦力は、あまりにも大きい。こちらのプランは、大幅な修正を余儀なくされた。

「ありあとやしたぁ〜。またお越しくださぁ〜」

ふむ……。どうやら、店内にいた客は二人とも帰ったようだな。

ウォークインから缶コーヒーを取り出し、レジへ向かう。

「今だったら、期間限定の桜まんがおすすめっすよぉ。……戦車《タンク》」

店員の男が、不敵な笑みを浮かべてそう言った。

この男の名は、魔術師《マジシャン》。本名は知らない。我々は互いに暗号名《コードネーム》で呼び合う関係だ。

「え？　いらない？　あ、そう……。んじゃ、本題に入るか」

首を横に振ると、魔術師《マジシャン》がどこか残念そうな表情を浮かべた。

売り上げが給料に影響しているわけでもないだろうに。

「で、どうする？　いっそのこと、直正高校《ちょくせいこうこう》にミサイルでも落とすか？　そうすりゃ、久溜《くる》間道家《まみちけ》でも……って冗談だよ、冗談。そんな怖い目で睨《にら》むなって」

この男は、我々の世界のルールを分かっているのか？

課報員《エージエント》は、影の存在。我々は、知られないことにこそ真価がある。ミサイルでの爆撃など以《もっ》ての外《ほか》。そのようなことをした瞬間、我々の信頼は失われ、この世界で生きることは不可能になる。たとえ、それで光郷《こうごう》シノの命を奪えたとしても『あの方』が後継者として選ばれることはないだろう。

「ここに来たってことは、知りたいんだろ？　あの二人の関係を」

去年の秋頃に転校してきた女……鳳《おおとり》エマ。

随分整った容姿をしている女だと思っていたが、その女が光郷《こうごう》シノと恋人関係を結んだ。

偽りの恋人関係かとも疑ってはいるのだが……

「パッと見は、初々《ういうい》しい恋人同士って感じだったなぁ」

奴《やつ》らは恋人になってから、帰り道に欠かさずここのコンビニにやってくる。

予《あらかじ》め、周辺の施設に、自分達を含めた課報員《エージエント》を忍び込ませていたのは大正解だった。

「だから、本当の恋人同士かもしんないし……」

光郷《こうごう》グループが、新たに送り込んだ課報員《エージエント》の可能性もあるということか。

ポケットから小銭を取り出し手渡す。

「ただ、さすがに久溜間道家《くるまみちけ》ほどやばくはないと思うぜ」

魔術師《マジシャン》から、バーコードのシールが貼られた缶コーヒーを受け取った。

「てか、そっちのほうが詳しいんじゃね？　同じ学校にいる仲だろ？」

魔術師《マジシャン》の質問へ、首を横に振る形で返答した。

この二日間、光郷《こうごう》シノと鳳《おおとり》エマの様子は校内でうかがっていた。

しかし、どちらも怪しい点はない。強いて言えば、今日の休み時間に鳳《おおとり》エマがやけにでかい声で恋愛感情を爆発させていたが、罠《わな》にしてはお粗末すぎる手段だ。

「じゃあ、どうすっかなぁ？　利用できそうなら、利用したいよなぁ～」

まるで子供が親に物をねだるような眼差《まなざ》しを、魔術師《マジシャン》が向ける。

分かっている……。これは、光郷《こうごう》シノが仕掛けた罠《わな》である可能性は大いにある。

だが、僅かにでも可能性があるのであれば挑む。

そこが奈落の底に繋《つな》がっていようと、知ったことか。

必ず、必ずや『あの方』のために光郷《こうごう》グループの相続権を手に入れてみせる。

だからこそ……

「鳳《おおとり》エマを狙う」

鳳《おおとり》エマが諜報員《エージェント》ならば、捕らえればこちらに有用な情報を得られる。仮に本物の恋人であれば、より有効的な使い方ができる。どちらに転んでも、我々には得しかない。

「ははは！　さすが、戦車《タンク》！　その言葉を待ってたぞぉ～」

光郷《こうごう》シノ。光郷《こうごう》グループの跡を継ぐのは、お前ではない。

『あの方』こそが、相応《ふさわ》しいのだ。

第三章
放課後任務

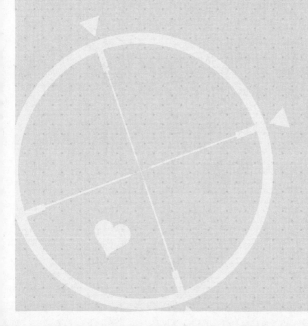

お家《うち》に帰った私──鳳《おおとり》エマは、今日のことをユキちゃんに報告していた。

「──って感じでね！　私に両親がいないことを伝えても、シノは受け入れてくれたの！」

「へ、へぇ～……。それは、よかった……かな？」

お昼休みは、本当にドキドキした。

一生懸命で優しいシノ。そんなシノに、ずっと嘘《うそ》をつき続けているのが申し訳なくて、私は自分に両親がいないことを正直に伝えた。

シノは、光郷《こうごう》グループっていうすごい家柄の人だし、両親がいない女なんて嫌われるかと思ったけど、シノは優しく私のことを受け入れてくれた。本当に、本当に嬉《うれ》しかった……。

「ねぇ、ユキちゃん。思ったんだけどさ、嘘《うそ》をつくんじゃなくて、正直に──」

「エマ、ダメよ」

ユキちゃんが、真剣な声で私の言葉を遮った。

「もしかしたら、本当に受け入れてくれたのかもしれない。だけど、シノ君が嘘《うそ》をついている可能性だってあるでしょう？　だから、簡単に信じるのはダメ」

「大丈夫だよ！　だって、シノはユキちゃんの自白剤を食べてたもん！」

「それなんだけどね、一つ気になっていることがあるの……」

「気になってること？」

「もしかしたら、シノ君は自白剤の耐性を持っているかもしれない……」

「……っ！　ユキちゃん、それどういうこと!?」

「なぜか都合よく思い出したんだけど、私が光郷《こうごう》製薬で働いている時に、お父様から『自白剤の耐性をつけさせたい』って言われて、何種類かの自白剤を渡したことがあったの」

「……っ！　『つけさせたい』ってことは、光郷《こうごう》ヤスタカさんじゃなくて……」

「シノ君の可能性がある」

じゃあ、お昼休みのあの言葉は……っ！

『ええい！　なぜ、唐突にこうも都合の悪い展開が起きるのだ!?』

『シノ兄、落ち着いて！　ちゃんと素直な戦法で頑張ったんでしょ？　ほら、もっかいやろ？

えーっと……まだゲームは、途中じゃん！』

イヤホンから聞こえてくるのは、シノの苛立《いらだ》った声とチヨちゃんの慌ただしい声。

二人で、ゲームをしてるみたい。……いいなぁ。

「そんな……。でも、言われてみれば……」

今日までに、シノから色々な情報は聞き出せた。

だけど、冷静になって思い返してみると、肝心なことは何一つ聞き出せていない。

遺産のことになると、いつも曖昧な答えしか返ってこなくて……

「それに、他にも気をつけることがあるわ。私達以外にも、シノ君の遺産を狙っている人がいるかもしれない。そういう人が、可愛《かわい》い女の子を使ってシノ君を……」

「あっ！　そういえば、休み時間にすっごくかっこいい女の子に話しかけられたよ！　『シノのこと、本当に好き？』って！」

「なんですって⁉」

「しかも、その子、シノと同じ中学から来てる子なの！　シノを『シノちゃん』って呼んでて……もしかしたら、あの子もシノの遺産を……」

「有り得るわね。中学校から一緒なら、私達と同じようにシノ君の秘密を知っているかもしれない。そして、今まで機をうかがっていたところにエマが現《あら》われて……」

「だよね！　ど、どうしよう、ユキちゃん！　すごく素敵な子なの！」

「厄介ね……。いくらエマがギャラクティカ美少女でも、付き合いの長さは向こうが上。……ちなみに、シノ君はその子について何か言ってた？」

「特別な関係じゃないって言ってたけど……」

「怪しいわね。自白剤が効かないのなら、嘘《うそ》をついている可能性も充分に有り得るわ」

「うん！　私もそう思う！　あの時のシノ、何だかたどたどしかったし！」

『聞いてきたのは、弁当を食べる前だっただろう！　なぜ、肝心なことを都合悪く忘れているのだ⁉　そもそも、俺は正直に――』

『シ、シノ兄！　声が大きい！　えっと、えーっと……このゲームだと、マッサージが効いてくるのはお弁当を食べた後だから気持ちは分かるけど、うっかり忘れちゃう時もあるって！』

お弁当とマッサージ？　シノとチヨちゃん、どんなゲームやってるんだろう？

「要警戒ね……。シノ君は性欲モンスターで、可愛《かわい》い女の子だったら遺産を利用して誰彼構わず手を出すタイプかもしれない。もしかしたら、実の妹にも卑猥《ひわい》なことを……」

『……チヨ、なぜ俺から距離を取る？』

『ついさっき、前科持ちになったから』

シノ、チヨちゃんにいったい何をしたの？

「さすがにそれはないと思うけど……でも、警戒はちゃんとしないとだね！」

「ええ。相手は、あのお父様が育て上げた光郷《こうごう》シノ君よ。簡単に信じちゃダメ」

「うん！　まだ信じない！　シノなんて、ただのエッチなATM！」

そうだ。私が信じるんじゃない。シノに私を信じさせないとダメなんだ！

『おぉぉぉぉぉぉ‼　なぜ悪化しているのだ⁉　おのれぇ……。この俺の奮闘を……っ！』

『はぁ……。そろそろ、フォローがしんどくなってきた……』

シノ……。チヨちゃんも呆《あき》れてるし、ゲームは程々にしたほうがいいと思うよ。

「というわけで、私達の未来のためにも次の作戦を考えましょ！　遺産を引き継いでいるかも大事だけど、シノ君が他の子にも手を出しちゃったら本末転倒！　まずは、シノ君の気持ちをエマにだけガッチリ向けさせないと！　というわけで、エマ！　シノ君とデートしなさい！」

「え！　デ、デート⁉　シノと二人で……」

興味はあるけど、一緒に来てくれるかな？

前にお家《うち》に行きたいってお願いした時は、断られちゃったし……。

『シノ兄、鳳頼寺《ほうらいじ》めっちゃいいよ。あそこに行けば関係が進展するんじゃない？』

『私も、パパと一緒によくあそこには行くわ。いいデートスポットよ』

『そうだな。鳳頼寺《ほうらいじ》は非常に雰囲気の良《い》い場所だ。あそこに行けば、予想外の事態にて相手から好意を失ったとしても、全て取り戻せること間違いなしだ。……だから、行ってこい』

『はぁ～！　はぁ～！　ぐ、ぐぐぐ……わ、分かった。明日、誘ってみる……』

えぇぇぇぇ‼　シノからデートに誘ってくれるの⁉

どうしよう！　すっごく嬉《うれ》しい！

「エマ、チャンス到来よ！」

「うん！　じゃあ、明日は私からも……あ」

「どうしたの？」

「明日は、無理だったんだ。放課後に、先輩から話があるって言われてて……」

私を呼び出したのは、サッカー部の主将の山田《やまだ》さん。

ほとんどお話はしたことがないんだけど、多分お話の内容って……

「いつものやつだと思う」

「すっぽかしちゃえばいいんじゃない？　わざわざ、話を聞かなくても――」

「ダメだよ。真面目な気持ちだったら、私も真面目に応えないと」

シノに告白した時、すっごくドキドキした。私のは嘘《うそ》っこの気持ちだけど、嘘《うそ》をついてる私だからこそ、本当の気持ちにはちゃんと誠意を持ってお返事をしたい。

「ううぅ！　なんて優しい子なの！　きっと、この子は天使の生まれ変わりに違いないわ！

私の涙が、ガンジス川！　エマの心は、マハトマ・ガンディー！」

はぁ……。シノと一緒に鳳頼寺《ほうらいじ》に行けたら、もっと仲良くなれたかもしれないのに……。

「なら、デートは明後日《あさって》にしましょ！　エマからお願いすれば、きっとシノ君なら聞いてくれるわよ！　だって、貴女《あなた》は超絶美少女だもん！」

そっか！　その手があったよ！

でも、大丈夫かな？　もしかしたら、断られるかも……ううん！　そんな不安はなし！

私は、絶対にシノと鳳頼寺《ほうらいじ》に行くんだ！　そしたら、二人で素敵な思い出が作れるもん！

俺──久溜間道《くるまみち》シノは、一流の諜報員《エージェント》である。

一流の諜報員《エージェント》とは、想定外の事態が発生しても決して狼狽《うろた》えることはない。

どんな時でも、冷静沈着。常に最善の選択を取ることができるのだ。

【任務遂行のため、七篠《ななしの》ユキをガンジス川に沈めるというのはどうだ？】

【ダメでしょ】【ダメよ】【ダメだ】

【では、明日エマを呼び出したという先輩に、体調不良になってもらうのはどうだ？】

【特定ができてないよ】【特定ができていないわ】【特定ができていないな】

【つまり、直正高校《ちょくせいこうこう》の三年男子生徒全員に下剤を注入しろと？】

【【【違う】】】

彼らは状況を理解していないのか？

奮闘に奮闘を重ね、どうにか『固形物《ATM》』から『お兄ちゃん』まで評価を上げたはずが、なぜか最終的には『固形物《ATM》』の下位互換『エッチな固形物《ATM》』へとなり下がったのだぞ？

【だが、このままでは任務の達成が──】

【シノ、ひとまずソレを置いてこい。先に俺達の報告を済ませたい】

【…………分かった】

　釈然としない気持ちのままブレスレットを取り外し、別室へと設置する。

　エマと七篠《ななしの》ユキに、予《あらかじ》め録音しておいた偽りの会話を聞かせるためだ。

「では、報告をさせてもらう」

　その後、リビングへ戻ると、久溜間道《くるまみち》ダンがそう告げた。

　光郷《こうごう》グループから『鳳《おおとり》エマを、光郷《こうごう》グループに取り入れろ』と任務を告げられた俺達ではあるが、なぜ光郷《こうごう》グループが彼女を必要としているかは分からない。

　だからこそ、知る必要がある。鳳《おおとり》エマに、いったい何があるのかを……。

「チヨと共に鳳《おおとり》エマについて調査した際に、少し妙なことが起きた」

「妙なこと？」

「ああ。光郷《こうごう》グループへ、鳳《おおとり》エマと七篠《ななしの》ユキの情報提供を申請した。……だが、得られた情報は『鳳《おおとり》エマが光郷《こうごう》グループの運営するイギリスの児童養護施設出身であること』、『七篠《ななしの》ユキが光郷《こうごう》製薬に勤めていたこと』の二つだけ。それ以外の情報は特にないと告げられた」

「それはおかしくないか？　七篠《ななしの》ユキは光郷《こうごう》製薬で横領を行っている。その時の情報は——」

「『特にない』。それだけを一方的に告げられてな……」

「こちらから情報提供を求めても、重要なものが開示されないということは……」

「ああ。恐らく、光郷《こうごう》グループは何かを隠している」

俺達に知られると不都合な情報があるか、その情報を自らの力で得ること自体が任務の一部であるか、恐らく、そのどちらかだろう。

「そこで、鳳《おおとり》エマと七篠《ななしの》ユキを直接調べる形に方針を変更した。だが、まだ全ては調べ切れていない。分かっているのは、奴《やつ》らはお前と出会うことを目的として、日本へとやってきたということだけ。如何《いかん》せん、膨大なデータ量でな」

「厄介なのが、ユキさんなんだよねぇ。動画編集なんて仕事をしてるから、通信記録がすっごく多くて、色んなとこと連絡を取ってるんだもん。配信者の人だけじゃなくて、お花屋さんとか、百貨店とか、病院とか、飲食店とかさぁ」

チヨが、ややうんざりとした声でそう言った。

「けど、本当にただのお金目当てなのかしら？　それで、光郷《こうごう》グループを敵に回すような行動を取るのは危険に見合ってないと思うのだけど……」

七篠《ななしの》ユキは、光郷《こうごう》ヤスタカの養子だった。

だからこそ、よく知っているはずなのだ。光郷《こうごう》グループの恐ろしさを……。

「シノ兄は、何か気になることはなかった？　エマさんと一緒に過ごしてて……」

「そうだな……」

エマの気になるところか。そう言われると……

「……道標」

「それって、どういうこと？」

「昼休みにエマがそう言っていたんだ。昔は、自分のそばに道標となる人物がいた。しかし、今はその人物が遠く離れた場所にいると」

「遠く離れた場所か……。抽象的な表現ではあるが、シンプルに考えると鳳《おおとり》エマが以前まで暮らしていたイギリスの児童養護施設と考えるのが妥当だな。そこも含めて、調査しておこう」

「頼む」

実はもう一点、気になる点がある。以前から、エマと七篠《ななしの》ユキは頻繁に……

「シノ兄、どうしたの？　いきなり黙って」

「何でもない。それよりも次の話に移ろう。こちらのほうが重要度は高い」

喉まで出かけた言葉を俺は飲み込んだ。確証のない情報を伝えて余計な手間を増やしてしまっては、調査結果が出るのが遅れる可能性があるからだ。

「エマとの関係性を、より良《い》いものにするための相談をさせてもらいたい」

エマを光郷《こうごう》グループへ取り込むためには、関係性の向上は必須事項。デートという絶対的な好機。この機を逃すわけにはいかない。

「はぁ……。諜報員《エージェント》が高校生の恋愛相談か……。まぁ、いいんだけど……」

「ふふふ……。私は、楽しいから大歓迎よ。シノちゃん、相談を聞かせてもらえるかしら？」

久溜間道《くるまみち》イズナが声を弾ませて、そう言った。

「現状、エマとの関係性の向上に難航している。このままでは、明日の……いや、明後日《あさって》のデートでも失敗してしまう可能性が高い。そこで、何かしらの助言をもらいたい」

「待て。その前に、なぜ難航しているかを聞かせろ。お前は、いったい何をした？」

久溜間道《くるまみち》ダンが、鋭い眼差《まなざ》しを俺へと向けた。

「別におかしなことはしていない。例えば――」

それから、俺は三人に対して今日のことを伝えた。

食パンをくわえ登校をしたこと、壁ドンの最上位……エアドンをしたこと、加えて通学中にロマンチック極まりない殺し文句を伝えたことを……。

「――というわけだ」

「あらぁ……」「うわぁ……」「………………」

事情を伝え終わると、チヨと久溜間道《くるまみち》イズナが憐憫《れんびん》の眼差《まなざ》しで俺を見つめ、久溜間道《くるまみち》ダンが体を震わせ拳を強く握りしめている。

恐らく、俺の完璧な恋人作戦が、一切通用しなかったことに衝撃を受けているのだろう。

「あ、あのさぁ、シノ兄。それって――」

「食パンをくわえても効果がなかっただとぉ!?」

チヨの言葉を遮り、久溜間道《くるまみち》ダンが声を荒らげてそう叫んだ。

「し、信じられん……。シノ、食パンのクオリティは？」

「無論、最高品質のものを用意した」

「ならば、なぜだ？　エアドンもロマンチック極まりない殺し文句も、恋人五日目であれば効果が見込めるはずだ。……まさか、文化の違いか？」

「いや、これはとある人物からの助言ではあるが、自分本位に相手の好意を得ようとする行動自体に問題があるとのことだ。重要なのは、自分を顧みずに相手を想《おも》った行動だと……」

「なるほどな……。しかし、匂いの変化に気がつけたのは上出来だ。こんなこともあろうかと、お前に透明な毒ガスが充満している小部屋の罠《わな》を経験させたのは正解だったようだな」

やはり、あの時の任務はこのために……。

さすがは、暗号名《コードネーム》『盾《イージス》』。俺を遥《はる》かに上回る超一流の諜報員《エージェント》なだけあるな。

「そこで、何かいいデートの手法などがあれば教授願いたいのだが……」

「そうだな……。これは俺の経験談になるが、銃弾とマフィアがひしめく裏カジノは、非常にいいデートスポットだ。恐怖による、吊り橋《つりばし》効果が狙える。加えて、シャンデリア等を破壊すれば、星屑《ほしくず》の空のような幻想的な風景も作り出せるぞ」

「……っ！　その手があったか！」

「うむ。だが、破片が目に入ると危険だからな。他の罠《わな》への警戒も含めて、二人でガスマスクをつけていくといい。これが俗に言う……仮装デートというやつだ」

「非日常的かつ幻想的、加えて準備の良さもアピールできるというわけか。完璧ではないか」

「当然だ。この俺のデートプランに、穴などあるはずがなかろう」

やはり、この男を頼ったことに間違いはなかったようだ。

「しかし、現在の環境では……」

「難しいだろうな。だが、何かで代用はできるはずだ。チヨ、イズナ、何か妙案はないか？」

「……ママ。私、今回の任務、達成できる気がしないんだけど？」

「この父にして、この息子ありね」

その後、久溜間道《くるまみち》ダンは一切の発言を禁じられ、俺はチヨと久溜間道《くるまみち》イズナから「まずは、普通の高校生の常識を学べ」と、厳しい説教を受ける羽目になった。

……解《げ》せぬ。

◇

「なぁ、エマ。よかったら――」

「シノ、他の子にエッチなことをするのはダメだからね！」

翌朝、デートに誘おうとしたら、エマからすさまじく警戒した眼差《まなざ》しで睨《にら》まれた。

いったい、俺が何をした？　ちょっと盗聴器をつけているだけではないか……。

「エマ、君はいったい何を……」

「あっ！　な、何でもない！　ごめんね、シノ」

「大丈夫だ。それで、続きを話しても……」

「ATM……私の隣にいるのは、エッチなATM……あっ！　うん！　もちろん、いいよ！」

太陽の光が、目に染《し》みるな……。

「その、今日の放課後だが――」

「ごめん！　今日は、シノと一緒に鳳頼寺《ほうらいじ》に行けないの！」

断るのが早すぎはしないだろうか？

「あのね、今日の放課後、少し予定があるんだ……。サッカー部の山田《やまだ》さんから、大切なお話があるって言われてて……」

エマを呼び出したのは、山田《やまだ》さんだったのか……。

てっきりモブキャラかと思ったら、想定外の登場をしてきたではないか。

「大切な話。それは……」

「内容は分からないけど……あっ！　私はシノの恋人だよ！　だから、心配しないで！」

非常に心配だ。もしかしたら、万が一の事態も有り得る。

念のため潜んでおくか……。

「分かった。ちなみに、その用事が終わるまで待っていても？」

「えっと……嬉《うれ》しいんだけど、結構時間がかかっちゃうかもしれないし……」

以前に告白を断ったが、そこから一時間ほど粘られた経験もあるエマだ。

シンプルな話で済まないケースも、想定しているのだろう。

「大丈夫だ、待つことには慣れている。だから、終わったら連絡をもらってもいいか？」

かつて標的が動き出すまで、一八時間以上ゴミ捨て場に潜んだ経験のある俺だ。

放課後程度の時間であれば、何ら問題はない。

「ありがとう！　じゃあ、終わったらすぐに連絡するね！　あっ！　それと……」

「ん？」

「明日は予定がないから、シノが良かったら……」

「一緒に、鳳頼寺《ほうらいじ》に行かないか？」

「やったぁ！　ありがとう、シノ！」

ふぅ……。どうにか、デートの約束を結ぶことに成功したぞ。

だが、慢心は厳禁だ。

エマとのデートを、最高のものにするために準備を整えなくてはな。

◇

「コウ、相談がある」

「おわっ！　シノから相談とか珍しいな！　どしたぁ？」

朝、教室へ到着するなり、俺はクラスメートの上尾《かみお》コウへそう尋ねた。

昨晩の作戦会議では、なぜか俺と久溜間道《くるまみち》ダンの提案は全て却下された。

チヨと久溜間道《くるまみち》イズナ曰《いわ》く、俺達は女性を喜ばせる能力が極めて低いようで、根本的なことから見直せとのことらしい。

「エマとより親密な関係になりたいのだが、どうすればいい？」

「珍しさに珍しさを上乗せされたよ！」

そこで俺が至った結論が、『同年代から恋愛……主にデートについて学ぶ』というものだ。

これであれば、確実にエマを喜ばせる最高のプランを組めるはずだ。

「そうだなぁ〜。やっぱ、デートをするのが一番じゃね？」

「それであれば、今朝に約束を交わした。明日、二人でデートに向かう」

「なに？　ノロケを聞かせたいの？」

コウが白けた視線を向けてきた。

「違う。重要な相談だ。デートで何をすればいい？」

「いや、自分で考えろよ！」

「考えた結果、相談をするのが最も効率的だと判断した」

「だとしても、まずは自分の意見を言え。シノの質問は漠然としすぎ。こういうことをしてみたいんだけどどう思うとか、そういう相談なら乗る」

む。確かに少し受動的すぎたか。それならば……

「ひとまず、二人で手を繋《つな》いで歩こうと思う。他にはそうだな……参拝か？」

「参拝？　ってことは、デートスポットは神社……この辺りだと、鳳頼寺《ほうらいじ》とか？」

しまった、少し余計な情報を漏らしたかもしれない。

「まぁ、そんなところだ」

「だったら、おみくじなんてどうよ？　どんな結果が出ても、二人で盛り上がれるぞ」

「そうなのか？」

「間違いないね」

なるほど。おみくじか……。

ならば、エマが確実に『大吉』を引けるよう、事前に細工をしておこう。

「貴重な情報提供に感謝する」

「おう、気にするなよ。こっちも面白い話が聞けたし、お互い様だな」

さて、次は誰に聞こうか？

◇

「シノちゃぁ〜ん。休み時間に誰もいない理科室にうちを呼び出すなんて、誰かに見つかっちゃったら誤解されちゃうんじゃないのぉ〜？」

ニヤニヤと意地の悪い笑みを浮かべ、藤峰《ふじみね》アンがそう告げた。

「その危険を冒してでもやるべきことがあってな。……藤峰《ふじみね》に相談がある」

「へ？　シノちゃんがうちに？　珍しっ！」

俺からの相談というのが予想外だったのか、藤峰《ふじみね》は目を丸くしている。

「明日の放課後、エマとデートへ行くことになった。そこで、何かアドバイスをもらいたい」

「うげぇ〜！　ただのノロケじゃん。ゲロゲロォ〜」

「違う。深刻な相談だ」

そうでなければ、こんな場所に藤峰《ふじみね》を呼び出したりなどしない。

「てか、今日じゃなくて明日なんだ。……なんで？」

「今日の放課後は、俺にとって不都合極まりない予定がエマにあってな」

「ふ〜ん……。呼び出した相手は、サッカー部の山田《やまだ》さんあたりかな？　あの人、前から天使ちゃんにお熱だったしねぇ〜」

藤峰《ふじみね》の洞察力が優れているのか、エマの人気がすさまじいのか。どちらもだろうな。

「まぁ、それはいい。それよりも、アドバイスをもらいたい」

「そういう内容ならパス。いちいち、シノちゃんの恋愛事情なんてかかわりたくな——」

「昨日、エマに接触したそうだな？」

「うげっ！　し、知ってるんだ……」

「エマにいらぬ誤解を与え、その誤解はまだ解けきっていない」

「あ〜、あははは！　その、さ、うちにもうちで事情が……」

「協力してくれるな？」

「…………はい」

藤峰《ふじみね》が余計なことをしなければ、俺は『固形物《ATM》』から脱却できていたかもしれない。

その分の責任は、とってもらおうではないか。

「けど、ちょっとだけだからね？」

「支援に感謝する」

「言い方！　もっと普通に言いなよ、堅苦しいなぁ！」

俺の態度がまずかったのか、藤峰《ふじみね》は苛立《いらだ》ちを示すように後頭部を乱暴にかいた。

「とりま、晩飯はどうするん？」

「どういうことだ？」

「デートするんでしょ？　だったら、帰りに二人で飯とか食べないん？」

「その発想は持っていなかった」

「持てよ！」

なるほど。鳳頼寺《ほうらいじ》に行けることで満足していたが、そこで終わらせてしまってはダメだったのか。それならば、光郷《こうごう》グループに支援を要請して、可能な限り良《い》い店を……

「言っておくけど、高い店には行くなよ？」

「なっ！　ダメなのか⁉」

「当たり前。うちらは高校生なんだよ？　いきなり、大人だらけの高級店に連れていかれても、緊張で味なんて全然分からないに決まってんじゃん」

「俺はまったく問題ないが？」

「自分基準じゃなくて、相手基準で考えな。……はぁ、ほんと疲れる」

藤峰《ふじみね》がそこまで言うのであれば、高級店は却下としよう。

高校生らしい場所か……。それならば、値段が手ごろなラーメンかファミレスにでも……

「だからって、ラーメンとかファミレスに行くなよ？」

「どうやって、俺の心を読んだ⁉」

「本当に考えてたんかい！　ほんと、極端な奴《やつ》だね！」

俺は極端だったのか……。

「むぅ……。難しい、な……」

「はぁ……。しゃあないな。んじゃ、高校生にも手頃な値段で、雰囲気の良《い》い店を教えてあげるから、それを参考にして」

ポケットからスマートフォンを取り出し、面倒そうに操作をする藤峰《ふじみね》。

するると、俺のスマートフォンに、いくつかの店のURLが届いた。

「感謝する。ところで……」

「なにさ？」

「藤峰《ふじみね》はデートスポットに詳しいのだな。誰かと行きたい予定などがあるのか？」

「〜〜〜っ！　よ、余計な詮索をするんじゃないよ！」

珍しく、藤峰《ふじみね》が顔を赤面させそう叫んだ。

「すまん」

「なんで、余計なことだけ鋭いんだっつうの……」

「どうかしたのか？」

「何でもない。ただ、シノちゃんがめんどくさいって思っただけ。あと、貸し一だから」

「分かっている。謝礼はさせてもらうつもりだ」

「だったら、その店のどっかに……いや、やっぱいいや」

どこか歯切れの悪い様子を見せた後、藤峰《ふじみね》は理科室から去っていった。

俺が彼女と二人で校内を歩いてしまうと、よからぬ噂《うわさ》が立つと判断したからだろう。

いい加減なように見えて、頼りになる。俺も戻るとするか。

さて、次は……ん？

「久溜間道《くるまみち》君、何やってるの？　次の授業、世界史だよね？」

まさか、能美《のうみ》先生と遭遇するとは……。

「少々、一人で理科室にて浸りたくなりまして」

「つい一〇秒前に、藤峰《ふじみね》さんも出てきたけど？」

「まるで気づきませんでした」

「………二股とかは、やめといたほうがいいよ」

なぜ、俺はいらぬ誤解を生み出してしまうのだろう？

「えっと……。シノは……」

休み時間、シノの教室をこっそりと覗《のぞ》き込む。

デートの約束はできた。だけど、それで安心してちゃダメ。

もっと、私がシノの彼女だってアピールしないと！

「あ、あれ？　いない、のかな？」

うぅ～！　折角会いに来たのに、タイミングが悪いよぉ～。

っていうか、藤峰《ふじみね》さんもいないじゃん！　まさか、二人でこっそり会ってるんじゃや……

「ど、どうしよう……。シノが藤峰《ふじみね》さんと……」

「シノに何か用？」

「え？　わっ！　わわわっ！」

突然声をかけられたことにもビックリしたけど、それ以上にビックリしたことが一つ。

この子、すっごく綺麗《きれい》！　まさかシノと同じクラスに、藤峰《ふじみね》さんみたいなかっこいい女の子だけじゃなくて、こんな綺麗《きれい》な女の子もいたなんて……。

「どうかしたの？」

「う、ううん！　何でもない！　えっと……そうなの！　シノに会いに来たの！」

「今はいないよ。調べ物があるって、一人でどっか行った」

「なんで、そんなに『一人』を強調して……」

「気にしてるみたいだったから」

「〜〜〜っ！　あ、ありがと……」

　は、恥ずかしい！　さっきの聞かれちゃってたんだ。

「どういたしまして。………じゃあ、私は──」

「あっ！　待って！」

「なに？」

　女の子が教室に戻ろうとするのを、私は呼び止めた。

「名前！　貴女《あなた》の名前を教えて！」

「私の？」

「……っ！　……っ！」

　コクコクと力いっぱい頷《うなず》いた。

「影山《かげやま》リン。シノとは同じ中学の出身」

「また同じ中学ぅ⁉」

　藤峰《ふじみね》さんといい、影山《かげやま》さんといい、いったいシノの中学校はどうなってるの⁉

「ねぇ、もしかしてシノの中学校って、可愛《かわい》い子がいっぱい集まってたの？」

「ごめん。意味が分からない」

「だって、昨日の藤峰《ふじみね》さんはかっこよかったし、影山《かげやま》さんはすごく綺麗《きれい》だし……」

「ありがと。褒めてもらえるのは結構嬉《うれ》しい。鳳《おおとり》さんも、すごく綺麗《きれい》だよ」

おっとりとした声色。優しい人だなぁ。

「……ごめんなさい」

「なんで謝るの？」

「だって、私は名前を知らなかったのに、影山《かげやま》さんは知っててくれたから……」

思えば、藤峰《ふじみね》さんの時もそうだった。藤峰《ふじみね》さんも影山《かげやま》さんもちゃんと私を知っててくれた。

なのに、私は二人の名前も知らないどころか、勝手に警戒して……失礼すぎる……。

はぁ……。こんな私じゃ、シノの彼女として相応《ふさわ》しくないよね……。

「…………」

どうしたんだろう？　影山《かげやま》さんが、なんだか目をパチパチさせてるけど……。

「ふふふ……。鳳《おおとり》さんって、面白いね」

「私が、面白い？」

「うん。感情が素直に表情に出るから、面白い」

「そんなことないよ！　私、隠し事とかすっごく得意なんだから！」

胸を張って、自信満々に私はそう言った。

「くす……。本当に得意な人は、隠し事が得意なんて言わなくない？」

「言われてみればっ！　次から気をつけます！」

「うん。そうして」

こんな調子じゃ、いつか私の秘密がシノにバレちゃうかもだよ。

ところで、これからどうしよう？　シノがいないならもう戻ったほうが……

「あ、あのさ、影山《かげやま》さん！　よかったらなんだけど！」

「なに？」

「連絡先を……教えて下さい！」

「どうして？」

い、いいよね？　言っちゃってもいいよね？

「その、よかったらお友達になりたくて……」

「…………っ！」

私の言葉が予想外だったのか、影山《かげやま》さんが目を丸くしている。

「え、えーっと……どうして、そう思って、くれ、たの？」

もしかして、嫌がられちゃったかな？　でも、もうお願いしちゃった後だし……。

「その、ただの勘なんだけどね……。影山《かげやま》さんと沢山お話しできたらきっと楽しいだろうなって思ったの……。あと、私、お友達少ない……っていうか、いないし……」

「鳳《おおとり》さんって、人気者だと思ったけど？」

「そんなことないよ……」

別に、嫌われてるわけじゃないと思う。

だけど、教室にいる時、私に話しかけてくれる女の子は誰もいない。

自分から女の子のグループの会話に交ざることはあるけど、私が行くとみんな会話が遠慮がちになっちゃって……。以来、私はあまり女の子のグループに交ざらないようにした。

嫌われてはいないけど、好かれてもいない。それが、クラスでの私の立ち位置だ。

「何だか、みんなから気を遣われちゃってて……」

「気を遣われる、か……。何だか私と似てるね……」

「え？」

「私もいないんだ。友達」

「……っ！　そうなの!?」

「まぁね。……といっても、私の場合は自業自得《じごうじとく》。思ったことを言うのを我慢できなくてね。気がついたら、周りから人がいなくなってた」

「え？　なんで、それでいなくなるの？」

「くす……。鳳《おおとり》さんは純粋なんだね」

どこか達観した声で、影山《かげやま》さんはそう言った。

「正しいことを言うのは、間違ってる時があるんだ」

「そんなことないよ！　私は、思ったことをハッキリ言ってくれるほうが嬉《うれ》しい！」

そっか……。どうして、私が影山《かげやま》さんと仲良くなりたいと思ったか分かった……。

似てるんだ……。影山《かげやま》さんは、私の大好きなあの子と……。

「影山《かげやま》さん、お願い！　連絡先を教えて！　私、何を言われても気にしな……ううん！　ハッキリ言われたら怒ると思うけど、それでも影山《かげやま》さんとお友達になりたい！」

「ふふふ。鳳《おおとり》さんは、素直だね。……うん。私も、……友達になりたいかな」

そう言って、影山《かげやま》さんはスマートフォンを取り出してくれた。

「やったぁ！　ありがとう！　えっと、リンちゃんって呼んでいい？」

「いいよ。けど、交換条件で私もエマって呼ぶから。……ありがとね、エマ」

その後、私とリンちゃんはお互いの連絡先を交換した。

シノと会えなかったのは残念だったけど、すごく素敵な休み時間だったなぁ。

「はい、シノ！　今日のお弁当だよ！　いっぱい食べてね！」

「あ、ああ……。ありがとう……」

昼休み。屋上で合流したエマは、なぜかすこぶる上機嫌だった。

いったいなぜ……ハッ！　さては、俺とデートができるのが嬉《うれ》しいのか？

そうだな。俺は懸命にエマをデートに誘った。あれ程の熱意があれば、エマの心も……

「シノ、聞いて！　私、お友達ができたの！」

全然違った。俺とのデートの約束は、友達以下か……。

「その、エマは友達が多いほうではなかったか？」

「全然だよ！　むしろ、今まで一人もいなかったくらい！　だから、すっごく嬉《うれ》しい！」

「……すまない」

「え？　なんで、シノが謝るの？」

「君には友人が多いと思っていた。気づいていれば、対処もできたのだが……」

「ふふふ……。気にしないで平気だよ。これは、私が解決しなきゃいけない問題だしね！」

自分の問題は、自分で解決するか。エマは強いな……。

「それで、いったい誰と友人になったんだ？」

だが、そんな強さを持つエマだからこそ、できる限りフォローはしようではないか。

その友人が誰かを確認し、エマと今後も仲良くするようお願い《脅迫》するのも——

「影山《かげやま》リンちゃん！」

やめておこう。俺は、絶対に何もしないでおこう。

「か、影山《かげやま》と？　いったい、なぜそんなことに……」

「休み時間にシノがいなくて困ってたら、声をかけてくれたの！　それで、仲良くなった！」

想定外にも程がある。俺が理科室に行っている間に、そんなことが起きていたとは。

よりにもよって、影山《かげやま》か……。影山《かげやま》が、エマの友人になったのか……。

「よ、よかったな……」

「うん！」

今後の課題が、一つ増えてしまったな……。

……

今日の弁当には、自白剤等《など》の薬物の混入はなし。

これは信頼の表《あら》われかと期待したが、その後に小さく呟《つぶや》かれた「耐性を持ってたら意味ないし、たまには普通のをね♪」という言葉で、俺の期待は木端微塵《こっぱみじん》。

だが、心は折れていない。なぜなら、俺には完璧なデートプランがあるからだ。

「エマ、明日なのだが、鳳頼寺《ほうらいじ》の後はこの店に行かないか？」

「え？　……わっ！　すごくお洒落《しゃれ》なお店！　……でも、平気かな？」

俺はもう、以前までの俺ではない。コウや藤峰《ふじみね》……それに、交流のある複数の生徒達からの情報によって、初デートのプロフェッショナルとなったのだ。これからは、いついかなる時に初デートへ行くことになったとしても、完璧にこなすことができるだろう。

「何か心配なことがあるのか？」

「えっと、ここって高くない？　シノは平気かもしれないけど……」

さすがだな、藤峰《ふじみね》。君の指摘は確かなものだった。

「問題ない。見てくれ、ここに料金が書いてあるのだが……」

「あっ！　そんなに高くない！　これなら、私も大丈夫そう！」

「それで、どうだ？　鳳頼寺《ほうらいじ》の後に、ここに君と行けたらと思ったのだが……」

「ん～。一緒に住んでる人に確認してみる！　多分、大丈夫だと思う！」

俺は今、大いなる一歩を踏み出した。

「あ、シノ！　このお店、一八時に行くと夜の限定メニューが注文できるみたい！」

「無論、その時間に予約を取るつもりだ」

「わっ！　シノ、頼りになる！」

きた！『頼りになる』がきたぞ！

クックック……。いよいよ、近づいてきたな。『エッチな固形物《ATM》』からの脱却が！

「それと、鳳頼寺《ほうらいじ》だけでは時間が余るだろう？ そこで、ゲームセンターにも行こうと思う」

「ゲームセンターかぁ。……あっ！ あのさ、シノ、よかったら――」

「一緒にプリント倶楽部《くらぶ》で、記念の写真を撮ろう」

「やったぁぁぁぁ！ うん、絶対に撮る！ 今日のシノ、すっごくかっこいい！」

きた！ きたぞ！『かっこいい』がきたぞぉぉぉぉぉぉ‼

クックック……。今、確信した。俺は『エッチな固形物《ATM》』から『固形物《ATM》』に戻れると！

「明日が楽しみだな、エマ」

「うん！ 一緒に素敵な思い出を作ろうね！」

見ていろ、影山《かげやま》。君が作り出した笑顔を遥《はる》かに上回る笑顔を、俺は生み出してみせる。

固形物《ATM》を侮《あなど》るなよ。

◇

放課後。現在地は、体育館裏。正確に言うと、体育館裏近くの茂みの中。

周辺にいる人物は、現在のところ二名。一人が、学校側が雇ったであろう庭師。

もう一人が、サッカー部の主将である山田《やまだ》さんだ。

「…………ん～。あ～！」

チラリと庭師のほうを見ては、何やらもだえ苦しむ声を漏らす山田《やまだ》さん。

これから自分が行うことを考えると、庭師にはいないでほしかったのだろう。

すまない……。実は、ここにいるのは庭師だけではないんだ。

「…………」

自然と、拳を握りしめる力が強くなる。

早く来てほしいという想《おも》いと、いっそ来ないでほしいという想《おも》いが錯綜《さくそう》する。

これから、山田《やまだ》さんはここでエマに対して愛の告白を行う。

もしも、俺がエマと本当の恋人同士だったら、どんな感情を抱いていたのだろう？

絶対に断ってくれと願い出るのか？

はたまた、根本的に告白を受けないでほしいと伝えているのだろうか？

自分の中で不鮮明な思考に翻弄されること五分……来た。エマだ。

「あの、お待たせしました！」

「あっ！　鳳《おおとり》さん！　ありがとう、その、来てくれ…て」

語尾を少しだけ溜《た》めて話すのが、山田《やまだ》さんの癖だ。

「いえ、そんな……。あの、それで今日は？」

「っと！　そうだったね！　あ〜、その、だ…ね」

山田《やまだ》さんが、一瞬だけ天を仰ぐ。そして、再び真《ま》っ直《す》ぐにエマを見つめると……

「鳳《おおとり》さん！　俺は、君のことが好きなん…だ！」

懸命に、自らの想《おも》いをエマへと伝えた。

近くで作業をしている庭師が、まるで気にしていない素振りで作業を続けながら、頻繁に二人の様子を確認している。そして、エマの返答は……

「ごめんなさい。私は、山田《やまだ》さんとはお付き合いできません」

真《ま》っ直《す》ぐに頭を下げ、山田《やまだ》さんからの想《おも》いを拒絶した。

よかった……。本当によかった……っ！

「そうだよ、ね。君は、恋人がいるし…ね」

瞬間、胸の内から罪悪感が湧いた。

俺は、エマに対して恋愛感情を抱いておらず、任務のために彼女と恋人でいる。

真摯な思いを抱いている山田《やまだ》さんを差し置いて、だ。

「本当に、ごめんなさい。でも、私はシノが……」

分かっているよ、エマ。君の目的は、光郷《こうごう》ヤスタカの遺産を手に入れることだ。

それを徹底しているのだろう？

「い、いや、今日ここに来てくれただけでも嬉《うれ》しいよ。その、ありがと…う」

これ以上、ここにいるべきではない。そう判断し、音を立てないよう移動を始める。

万が一の事態も起きなかった。あとは、エマの連絡を……ん？

「山田《やまだ》、ここにいたのか！　お前、部活中に何やってるんだ！」

ジャージ姿の男が一人、体育館裏へやってきた。サッカー部の顧問をやっている教師だ。

どうやら、山田《やまだ》さんは部活を抜け出してエマに告白をしたようだ。

「はい、すみません……」

「まったく、お前は……」

不機嫌な様子で山田《やまだ》さんに近づく顧問。

山田《やまだ》さんの下へ辿《たど》り着《つ》くと、ポケットに手を忍ばせて……っ！　あれは……

「……がっ！」

「ひぃぃぃぃぃぃ!!」

崩れ落ちる山田《やまだ》さん。木霊《こだま》する庭師の悲鳴。ほぼ同じタイミングで、俺は飛び出した。

「え？」

エマは呆気《あっけ》にとられている。何が起きたか、まだ理解できていないのだろう。

「さて、次は――」

敵の装備――スタンガン、改造跡を確認。本来よりも殺傷能力が上げられている。そうでなければ、一瞬で人間が崩れ落ちるはずがない。……他の装備は？　ポケットに不自然な膨らみを確認。形状からして、恐らくグレネードの類。背部に銃器を隠している可能性あり。狙撃手――視認できる範囲になし。

第一目標――エマの救出。第二目標――攻撃。……間に合えよ！

「エマ、下がれ！」

「シ、シノ⁉　なんで、ここに……きゃぁ！」

間に合った！　すんでのところで、エマの体を即座に自らのほうへと抱き寄せる。

同時に、敵の腹部へ蹴りを一発。……防がれたか。

「……ちっ。やはりいたか……」

こいつは、本当にサッカー部の顧問か？　それとも、変装した別人か？

いや、そんなことはどうでもいい。山田《やまだ》さんの容態は……

「あ、あ、あ……」

嘔吐《おうと》と痙攣《けいれん》を確認。処置は必要だが、命に別状はない。救助するか？　まだ早い。

「エマ、俺の後ろに」

「シ、シノぉ……」

ひとまず、エマを背後に移動させたが、どうする？

先程の一合で全てが分かったわけではないが、この敵……かなりのやり手だ。

少なくとも、これまでに俺を襲ってきた刺客とは比べ物にならない。

「襲ってこないのか？」

刺客が俺へと問いかける。

「分が悪い」

「冷静だな」

歪《いびつ》な笑み、感心した声。

相手の戦力が高い以上、エマを守りながら戦闘をするというのは難しい。

だからこそ……

「ん？」

その時、男の視線が俺やエマ以外の方向へ向いた。

「そういえば、お前は大嘘《うそ》つきだったな」

ちっ。気づかれたか……。

「これ以上、欲を出すべきではないか……」

ポケットへと手を忍ばせている。……グレネードを使うつもりか！

直後、こちらの予想通り、刺客は俺達へ向けてグレネードを投げつけた。

問題ない、起爆までタイムラグがある。……蹴り飛ばせ！

「早いな」

宙を舞うグレネードを確認した直後、再びエマの下へ。

「エマ、伏せろ！」

「きゃぁぁぁ!!」

俺がエマを押し倒すような形でその場に倒れ込む。だが、爆発音はない。

何かが、地面に落ちる音が小さく響くだけだった。……しまった、偽物《フェイク》か！

まずいぞ、エマを守るためとはいえ、こんな隙だらけの状態は……

「じゃあな」

が、それ以上の攻撃は来なかった。

刺客は、すぐさま逃走を開始。

高さが二メートルはあるであろう壁を飛び越え、直正高校《ちょくせいこうこう》の外へ。

逃げられたか……。いや、それを気にするのは後だ。今は……

「大丈夫か、エマ。怪我《けが》はないか？」

「シノォォォォォォ！」

よほど怖かったのだろう。エマが大粒の涙を流しながら、俺の体に抱き着いてきた。

万が一の事態を想定していたからこそ、彼女を守ることができたが……

「もう大丈夫だ。何も心配はいらない」

「あ、あの……、平気、でしたか？」

直後、これまでの事態を傍観していた庭師が俺達の下へやってきた。

「……すまない」

「へ？　えっと、なにを……」

俺は、庭師に対して頭を下げた。

だが、それはこの事態に巻き込んでしまったことに対する謝罪ではない。

なにせ、この庭師は……

【恐らく、俺の視線で母さんの正体に気づかれた……】

久溜間道《くるまみち》イズナなのだから。

【気にしないでいいわ】

まばたきでモールス信号を送りつつ、穏やかな笑みを浮かべる久溜間道《くるまみち》イズナ。

エマと恋人同士になった時点で、こういった事態は想定していた。

だからこそ、俺は彼女の周辺を探る人物、加えていざという時の護衛のため、俺がそばにいられない時は、久溜間道《くるまみち》イズナをエマのそばに常に配置していたんだ。

【失敗を悔いる前に、成功を誇りなさい。シノちゃんは、いい仕事をしたわよ】

【どういうことだ？】

【やっぱり、お姫様を助けるのは王子様じゃないとね】

王子様？　いったい、何を言って……。

「シノ！　シノォォォォォ！」

「エマ……」

【ふふふ……。やっぱり、エマちゃんは可愛《かわい》いわね】

「サッカー部の人は、私が保健室まで運びます。お二人はもう帰ったほうがいいですよ」

「それは助かるのですが……」

【先程の男達が、まだこの周辺に残っている可能性がある】

「大丈夫。むしろ、学校にいたほうが危ないですよ」

【発信機をつけておいたわ。大慌てで逃げる背中って、狙いやすいのよ】

【なら、もうすでに……】

【ええ。パパが向かっているわ】

「……分かりました」

できることなら俺の手で捕らえたかったが、優先順位が違う。

今、最も優先すべきは俺の胸の中で泣きじゃくるエマを措《お》いて他にない。

「エマ、大丈夫か？」

「大丈夫……。シノ、助けてくれてありがとう」

「このくらい当然だ。……本当にすまない」

奴《やつ》は、俺とかかわりがあるからこそ、君を狙った。

俺がいなければ、エマはこんな危険な目にはあわせずに済んだんだ。

「シノは悪くない……。それに、こんなの全然怖くないよっ！」

涙を流しながら、まるで自分に言い聞かせるように必死にそう言うエマ。

ただの虚勢だ。その顔を見れば、すぐに分かる。

「全部、覚悟してた……。危ないことだって、分かってた……。それでも、私はシノの恋人。絶対に、シノの恋人でいるから……」

なぜだ？　なぜ、君はそこまで必死に光郷《こうごう》ヤスタカの遺産を求める？

どれだけ金があったとしても、命を失ってしまっては意味がないではないか。

なのに、どうして……。

「未来が待ってる……。だから、私は絶対に諦《あきら》めない……」

◇

普段であれば、駅前で別れを告げる俺とエマだが、今日は例外。
エマから「そこまでしなくても大丈夫」と言われたが、半ば強引に俺は彼女の住むマンションまで送り届けた。別《わか》れ際《ぎわ》、名残惜しそうに俺の手を握りしめる手をはなすと、「ありがとう」

と告げて自分の住むマンションへとエマは帰っていった。

なので、俺達は久溜間道家《くるまみちけ》……ではなく、エマの住むマンションの一部屋……正確に言うと、彼女達が住む部屋の真下の部屋に四人で集まっていた。

俺がエマを送り届けている間、久溜間道《くるまみち》イズナが校内を確認したところ、体育準備室にて本物のサッカー部の顧問が拘束されているのを発見。何者かに眠らされたようで、本人もいきなり自分が体育準備室にいたことを驚いていたとか。

そして、発信機を取り付けた顧問に変装した人物だが……

「取り逃がした」

久溜間道《くるまみち》ダンから告げられる、重々しい報告。

発信機が示す場所に向かっても誰一人としておらず、発信機だけが残されていたそうだ。

「うぅぅ！　私の極小発信機が気づかれるなんてぇぇぇ！　シノ兄、ごめん……」

「謝るのは俺のほうだ。母さんの正体に気づかれなければ……」

「二人とも気を落とすな」

久溜間道《くるまみち》ダンが、冷静にそう告げた。

「チヨの小虫程度の大きさしかない発信機に気づき、僅かなやり取りでイズナの正体を見抜く洞察力。加えて、シノの不意打ちをいとも容易《たやす》く防ぐ戦闘力。それだけ、今回の相手が優秀だということだ。落ち込むよりも、警戒心を高めろ」

接触した時間は僅かだったが、それでも分かるほどの実力者。

仮にエマがいなかったとして、俺はあの刺客に勝てていただろうか？

「大丈夫よ、シノちゃん。シノちゃんは一人じゃない。でしょ？」

「ああ。ありがとう、母さん……」

「ふふふ。どういたしまして。ひとまず、今日は二四時間態勢で警戒しましょ。チヨちゃん、カメラは大丈夫かしら？」

「もちろんバッチリだよ、ママ！」

室内に配置された、夥《おびただ》しい数のモニター。

それは、以前に俺と久溜間道《くるまみち》ダンでこのマンションに設置したカメラの映像だ。

「けど、なんでシノ兄じゃなくて、エマさんなんだろ？」

モニターを細かく確認しながら、チヨがそう言う。

「多分、エマちゃんの正体を調べようとしたのよ。本当にシノちゃんの恋人か、それとも光郷《こうごう》グループが派遣した諜報員《エージェント》か……」

「どちらであろうとも、身柄を押さえれば向こうとしてはかなり優位に事を進めることができる。第一目標が、鳳《おおとり》エマの調査。第二目標が、鳳《おおとり》エマの捕獲といったところか」

「そっかぁ～。てか、これってまずいよね？　だって……」

そうだ。エマが襲われたことも問題ではあるのだが、それ以上の問題は……

「いるってことだよね？　直正高校《ちょくせいこうこう》にヤスタカ様の養子に雇われた刺客が」

「ああ」

あの刺客は、サッカー部の顧問に変装してエマに襲い掛かった。

つまり、放課後に山田《やまだ》さんがエマに告白することを知っていたのだ。

そんなこと、外部にいる刺客には不可能だ。だからこそ、確実にいる。

直正高校《ちょくせいこうこう》の中に、光郷《こうごう》ヤスタカの養子が雇ったであろう刺客が……。

「で、シノ。今後はどうする？」

「そうだな……。これ以上、エマとの関係を続けるのは……」

もう、やめたほうがいいのかもしれない……。

いくら遺産を狙っているとはいえ、エマはまともな訓練を受けていない一般人だ。

光郷《こうごう》グループ内の抗争に巻き込むのは……。

「………」

しかし、任務はどうなる？　俺達の目的は、エマを光郷《こうごう》グループに取り入れることだ。

もし、それを達成できなかったら……。

「お前が決めろ。俺達は指示に従う」

「ああ……。母さんは、これまで通り職員として潜り込んでほしい。父さんとチヨは、直正《ちょくせい》高校《こうこう》に仕掛けたカメラを常時確認してくれ。そして、不穏な動きを発見次第動いてほしい」

「分かったわ」

「任せろ」

「りょうか〜い。はぁ……。じゃあ、学校は少しの間お休みかぁ……」

久溜間道家《くるまみちけ》が総動員で動けば、エマの身の安全は保証できるはずだ。

だが、それだけではダメだ。直正高校《ちょくせいこうこう》に潜む刺客。その正体を暴かなくては……。

「ひとまず、俺からは……あぁ、そうだ。一つ、報告がある。今日、エマと交流していて、新しい情報を少しだけ得ることができた」

目下、最優先事項は直正高校《ちょくせいこうこう》に潜む刺客の正体を明らかにすることだが、もう一点。

なぜ、エマが光郷《こうごう》グループの遺産を狙っているかを知る必要がある。

「エマにとって、『未来』という言葉が非常に重要なものだと推測される」

今日もそうだが、以前からエマと七篠《ななしの》ユキは『未来』という単語を頻繁に告げていた。

まるで、それに特別な意味でもあるかのように……

「……っ！」

チヨと久溜間道《くるまみち》ダンが、僅かに反応を示した。

「ねぇ、パパ……。こんな状況だけどさ、ちゃんと伝えなきゃだよね？」

「……そうだな」

重々しい声。

この事実を知るべきではないと、言葉ではなく態度で語っているような気がした。

「シノ。チヨが、鳳《おおとり》エマと七篠《ななしの》ユキの目的を暴《あば》くことに成功した」

「本当か？　光郷《こうごう》グループから情報はもらえないはずだが……」

「エマさんとユキさんの通信記録から、情報を洗い出せたんだ。その……、エマさんにとって『未来』って言葉がどんな意味を持つかも分かってる。それでね……」

「ここから先は、俺が伝えよう」

「うん。お願い、パパ。ありがと……」

そう告げると、チヨは表情を沈めながら沈黙した。

「先に言っておくが、良《い》い話ではない。加えて、彼女の目的は俺達の力を以《もっ》てしたとしても、達成は困難を極めている」

「どういうことだ？」

「七篠《ななしの》ユキと鳳《おおとり》エマの通信記録を確認した際、双方に共通して頻繁に連絡をしている施設があった。……それが、イギリスにあるとある医療施設だ」

「医療施設？　ならば、エマは何か大きな病を……」

「違う。そもそも、仮に自分が病を患《わずら》っているのであれば、連絡ではなく通院になるだろう。彼女は、容態を確認するために連絡していたのだ。……妹の容態をな」

「……っ！　妹、だと？」

「三年前、七篠《ななしの》ユキはイギリスで孤児を引き取った。しかし、引き取った孤児は一人ではない。……二人だ。一人が鳳《おおとり》エマ、そしてもう一人が――」

『エマ、襲われたってどういうこと!?』

その時、タイミングを計っていたかのように、エマと七篠《ななしの》ユキの会話が響き渡った。

『今日は、ただ告白されるだけじゃ……』

『その後にサッカー部の顧問の人が来て……でも、大丈夫だよ！　シノが守ってくれた！』

『大丈夫じゃないでしょ！　多分、お兄ちゃん達の誰かが雇った人だ……。エマが、シノ君の恋人だから、人質として利用しようとしたんだ！』

七篠《ななしの》ユキの狼狽《ろうばい》する声。大切な家族が襲われたのだから、当然の反応だ。

『エマ、シノ君と別れなさい！　遺産は必要だけど、そんな危ないことは……』

『やめないよ、ユキちゃん』

『だ、だけど！』

『やめない！　絶対にやめない！　だって、ここで諦めちゃったら……』

『妹を……、ミライを助けられない!!』

そういえば、以前に君は俺から大金があったらどうすると尋ねられた時、言っていたな。

——人を助けるのに使う。苦しんでいる人を助けるためには、沢山のお金が必要だもん。

あの時の君の顔は、今でもよく覚えているよ。

一見すると穏やかなようで、その瞳には強い決意を宿していた。

俺は、どうして君がそんな瞳を浮かべているのか分からなかった。

だが……

『手術が受けられなかったら、ミライはあと一年で死んじゃう！　そんなの絶対にイヤ！』

『…………エマ』

『手術にはお金がいっぱい必要！　普通の手術じゃない、沢山お金がかかる手術が！　だから、絶対に手に入れてみせる！　シノから、光郷《こうごう》ヤスタカの遺産を奪って！』

かつて、七篠《ななしの》ユキが光郷《こうごう》製薬から解雇されたのは、会社の資金を横領しようとしたから。

恐らく、その時から彼女達は……

『ミライ、待っててね……。お姉ちゃんが、絶対に助けるから……』

【幕間：嗤《わら》う戦車《タンク》】

――〇二時三四分　コンビニエンスストア。

「うげっ！　調色板《パレット》もいたのかよ！　戦車《タンク》、お前よく無事に逃げられたな……」

報告を聞いて、魔術師《マジシャン》が分かりやすく顔に恐怖の色を浮かべる。

同じ気持ちだ。

直正高校《ちょくせいこうこう》の職員は経歴も含めて全て調べていたのだが、それでも潜り込んでくるとは……。

しかも、いつの間にか発信機までつけられていた。

もし、気づくのがあと三〇秒遅れていれば、すでに囚《とら》われの身となっていただろう。

やはり、久溜間道家《くるまみちけ》は侮《あなど》れない。危険すぎる存在だ。

「悪い……。やっぱ、俺も行くべきだったな……」

首を横に振る。直正高校《ちょくせいこうこう》には、久溜間道家《くるまみちけ》が仕掛けた夥《おびただ》しい量のカメラがある。

もしも魔術師《マジシャン》が直正高校《ちょくせいこうこう》へやってきていたら、いくら変装をしていたとしても、違和感に気づかれ作戦が全て失敗した可能性がある。

「そっか……。んじゃ、まずは一歩進んだことを喜ぶとするか」

果たして、これは前進なのだろうか？

こちらも情報を得たが、あちらにも情報を渡してしまった。

今回は調色板《パレット》だけだったが、こちらが直正高校《ちょくせいこうこう》に潜んでいると知られた以上、次は確実にあの男が出てくる。かつてのヤスタカ様の懐刀《ふところがたな》、最強の課報員《エージェント》……盾《イージス》が。

「戦車《タンク》は気にしすぎだっつうの。どうせ鳳《おおとり》エマの身柄を押さえたら盾《イージス》も動くんだし、結果が早いか遅いかの違いだと思っとこうぜ」

鳳《おおとり》エマの身柄を確保できなかったことを叱咤《しった》するのではなく、励ましの言葉を送る。

そんな細やかな気配りが、心地よかった。

「で、肝心の鳳《おおとり》エマはどうだったんだ？　俺達と同じ諜報員《エージェント》だったか？　それとも……」

素人《しろうと》だ。一切の迷いを持たず、魔術師《マジシャン》へそう告げた。

「あっさり決めつけていいんか？　一応、小型拳銃を持ってるんだろ？」

恐らく万が一の時のために、光郷《こうごう》シノが護身用で渡したのだろうな。

が、そんなものを渡しても、使えなければ何も意味はない。

「なぁ、戦車《タンク》。随分と嬉《うれ》しそうだけど、本当に鳳《おおとり》エマを素人《しろうと》って判断して大丈夫か？　俺達は、それで一度光郷《こうごう》シノに騙《だま》されてるんだぞ？」

魔術師《マジシャン》の言う通り、軽率な判断をするのは危険だろう。

ならば、伝えようではないか。今日手に入れた、最上の情報を。

驚いたよ。まさか、あんな相談を光郷《こうごう》シノがするとはな。

奴《やつ》は、今日一日をかけて、友好関係にある生徒に聞きまわっていたのだ。

『鳳《おおとり》エマとデートをすることになった。何をすればいいか相談させてほしい』となる。

そんなことを、偽りの恋人関係でするか？　するはずがない。

「お〜！　そりゃ、でかい情報だな！　結局、光郷《こうごう》シノも『高校生』ってわけだ！」

やはり、光郷《こうごう》シノは光郷《こうごう》グループの跡取りに相応《ふさわ》しくない。

自分の状況を鑑《かんが》みれば、恋人を作ることがどれ程危険かは理解できたはずだ。

「よっしゃ！　そこまで情報が手に入ったんなら、こっからは俺の番だな！　どうせなら、最高の展開まで持っていってやろうぜ！」

最高の展開だと？　それは、つまり……

「光郷《こうごう》シノが、光郷《こうごう》グループの実権を譲渡するように仕向けるぞ」

我々の目的は、『あの方』が光郷《こうごう》グループの実権全てを引き継ぐこと。

そのために、光郷《こうごう》シノの命を狙っていたが、それはあくまでも妥協策。

もしも、光郷《こうごう》シノが『あの方』へ全ての実権を譲渡したら、まさに理想的な展開だ。

だが、果たしてそんなことが実現可能なのだろうか？

「一番厄介なのは、盾《イージス》と調色板《パレット》だ。だから、あいつらと光郷《こうごう》シノを分断させれば……」

ブツブツと小さく呟《つぶや》きながら、魔術師《マジシャン》が作戦を練っていく。

私は、作戦立案はあまり得意ではないので、こういう時は頼りになる。

「よし、作戦が決まったぜ。ただ、今のままだと人手不足だ。あと二〇人は欲しい」

ならば、『あの方』への申請を行う必要があるな。

「それと、光郷《こうごう》シノとは戦闘になる可能性がある。その辺りは……」

「問題ない」

明確に、そう告げた。

今日の一合で理解できた。光郷《こうごう》シノは、優秀な戦闘技術を有している。

あれ程の実力があれば、そこらの諜報員《エージェント》では相手にならないだろう。

……が、相手が自分ならば話は別だ。一対一ならば、確実に勝てる。

「ははは！　さすが、戦車《タンク》！　ほんと、頼りになる奴《やつ》だよ、お前は！」

普段は笑みを見せることなどあまりないのだが、今だけは別だ。

ようやく、ようやく光明が見えた。長い暗闇から脱する時が訪れたのだ。

さぁ、準備を整えようではないか。

第四章
任務失敗

——三年前。

『ブルーパディー』

イングランドの南東部……ブライトンのリゾート地から少し離れた場所にある児童養護施設。

そこでは、身寄りのない孤児達が集まって、それぞれが助け合って生活をしていた。

職員さんの人数は、たったの三人。

食材や最低限の生活用品は支給してもらえるけど、それだけ。

そこが、私——鳳《おおとり》エマが育った場所だ。

「エマ、早く食堂に来てよ。もうご飯の時間だよ」

「ちょっと待って。もう少しで、たたみ終わるから」

洗濯物をたたんでいると、双子の妹……ミライがやってきた。

「はぁ……。仕方ないな……」

「あ……」

ため息を一つついた後、ミライが私の隣に。

「相変わらず、世話が焼けるね」

沢山あった洗濯物が、あっという間になくなっていく様子を見ていると、どこか安心する気持ちと悔しい気持ちが同時に生まれる。

「うぅ～。私が、お姉ちゃんなのに……」

「アルファベット順で、エマ《EM》が私より先だっただけじゃん」

「それでも、私がお姉ちゃんなの！」

私とミライは赤ん坊の頃に、ロンドン市街に捨てられていた。

そんな私達を見つけてくれたのが、当時一〇歳だった私達と同じ孤児のユキちゃん。

以来、私とミライはブルーパディーで暮らすことになった。

ただ、ユキちゃんはもうここにいないんだけどね……。

「よし。終わったね。……じゃあ、行こ。今日は自信作だから、早く感想が聞きたいの」

ミライは料理が得意で、みんなのご飯を作ってる。

私は、あんまり料理が得意じゃないから、みんなのためにご飯を用意できるミライがちょっとうらやましかった。

「それとさ、今日はユキちゃんが来てるよ」

「え！　そうなの⁉」

七年前にここを出たユキちゃんだけど、今でも月に一度は絶対に会いに来てくれる。

私達はもちろん、孤児のみんなはユキちゃんが大好きだから、ユキちゃんが来る日を今かと今かとみんなで待ち望んでいた。

「ユキちゃん、すごいよね。あの光郷《こうごう》ヤスタカさんの養子になるなんて」

「予想通りじゃない？　共通テストで、ずっとトップだったし」

「まぁね～」

ブルーパディーでは、月に一度、年齢を問わない共通テストが行われる。

そのテストで二年間トップを維持した後、最終テストで合格点を取ることができると、ブルーパディーの創始者……光郷《こうごう》ヤスタカさんの養子になれるんだ。

私達は一六歳になったら、ここを出ていかなくてはならない。

だけど、それまでにヤスタカさんの養子になれたら、すごく贅沢《ぜいたく》な生活ができる。

だから、みんな一生懸命頑張って勉強をしてるんだけど……。

「ま、私達には関係ない話だよ」

「私達じゃなくて、私な気もするけど……」

私は、そこまで勉強は得意なほうじゃなかった。成績は下から数えたほうが早いくらい。

だから、あと三年でブルーパディーから出ていかなくちゃいけない。

けど、ミライは違う。

「ねぇ、本当にいいの？　ミライはちゃんと勉強すれば……」

「してるよ。それでも、一番は取れないってだけ」

ミライは、嘘《うそ》つきだ。そして、ミライが嘘《うそ》をつく時は決まって私に気を遣ってる時。

知ってるんだよ。一度、共通テストで一番を取ってから、わざと成績を落としてるのは。

私のためだよね？　自分一人で、養子にならないために……。

「……ありがとう」

「感謝は結果で示してほしいかな。期待してるよ？」

「あっ！　任せてよ！」

お勉強も、料理も、洗濯物をたたむのもミライに勝てない私のたった一つの特技。

それは、チェスだ。そんなのできても、私生活では何にも役に立たないけど……。

「前回は途中で負けちゃったけど、次は優勝して賞金をゲットしてやるんだから！」

「楽しみにしてる。二人で、最高の復讐《ふくしゅう》をしてやろうね」

「うん！」

私達の復讐《ふくしゅう》。

パパとママが私達を捨てたことを後悔するくらい、思いっきり幸せになる。

私がチェスの大会で優勝して、その賞金でミライとレストランを開く。

シェフは、ミライ。私は、ウエイトレスさん。

おっきなお店じゃなくていい。

小さくても、幸せがいっぱいつまったお店をミライと一緒に……。

…………

……


「エマ、ミライ、久しぶりぃ〜！　元気にしてた？」

食堂に行くと、ユキちゃんが私達の姿を見るなり、強く抱きしめてくれた。

「ユキちゃん、久しぶりぃ〜！」

「うん。元気にしてたよ」

「えらい！　じゃあ、元気にしてたご褒美《ほうび》にエマとミライにはこれをあげちゃう！」

そう言うと、ユキちゃんは何だか豪華なデザインの袋を私達にくれた。

二人で中身を確認してみると、そこには色違いの可愛《かわい》いワンピースが入ってた。

「ありがと、ユキちゃん」

「えと、ありがと……」

ユキちゃんは、ここに来るたびにみんなにプレゼントを買ってきてくれる。

それは、すごく嬉《うれ》しいんだけど……私は、ちょっぴり心配だった。

「ねぇ、ユキちゃん、大丈夫？　お金、かかってるんじゃ……」

「問題な〜し！　開発室長になって、お給料もグンと上がったからね！」

そういう問題じゃない気もするけど、折角ユキちゃんが買ってきてくれたんだし……。

「そうなんだ！　おめでとう、ユキちゃん！」

「おめでとう。やっぱり、ユキちゃんはすごいね」

めいっぱいの笑顔でいることが、今の私にできる精一杯のお返しなんだろう。

だけど、いつかもっと素敵なお返しをしてみせる。こっそりとそう決意してミライを見つめると、ミライが小さく頷《うなず》いた。やっぱり、双子だね。同じ気持ちだったみたい。

「エマとミライもすごいよぉ～！ だって、こんなに可愛《かわい》いんだもん！」

「くす……。ユキちゃん、それ、みんなに言ってるでしょ？」

「もちろん！ だって、みんなすっごく可愛《かわい》いもん！」

両親の愛情を知らない。だけど、ユキちゃんの愛情は知ってる。

私達が歪《ゆが》まなかったのは、きっとユキちゃんのおかげなんだろうなぁ。

「じゃあ、準備してくるね。ユキちゃん、楽しみにしてて。今日のご飯、自信作だから」

そう告げて、ミライが厨房《ちゅうぼう》のほうへと向かっていく。

だけど、その時……

「……っ！」

ミライの動きが、ほんの一瞬だけ止まった。

「ミライ、どうしたの？」

「ん、何でもない。気にしないでいいよ」

「そう？」

この時、私がちゃんと気がついていれば、もしかしたらミライは助かったかもしれない。

だけど、私は気づかなかった。

ミライがいるのは当たり前で、これからもずっとそれが続いていくと思っていたから……。

…………

……

その日、私は目を覚ますと同時に妙な違和感を覚えた。

いつも、朝は絶対に私を起こしてくれるミライが、起こしてくれなかったからだ。

だけど、ちょっと嬉《うれ》しかった。いつも起こされてばかりじゃ、悔しいもんね。

「……ふふふ」

二段ベッドのはしごを上り、上で眠っているミライの様子を確認しに行く。

私がお姉ちゃんなんだから上がいいって言ったのに、姉なんだから譲るべきって、ミライに上をとられちゃったんだよね。ハシゴを上り終わる。ミライは……いた。まだ寝てるみたい。

じゃあ、お姉ちゃんとして起こしてあげないとね！

「朝だよ、ミライ！」

ドンとミライの体に覆いかぶさるように、私はダイブした。

ふふふ。いつも起こされてる私に起こされるなんて、ミライもビックリ……

「………エマ」

「ミライ?」

様子がおかしい。私は、すぐにミライの上から体をどかし、布団《ふとん》をはぎ取る。

そうしたら、ミライが胸をギュッて押さえて、苦しそうなうめき声をあげていた。

「ミライ、どうしたの⁉　……ミライ、ミライ!」

「だいじょうぶ……。だいじょぶ、だから……」

か細い声で、ミライがそう言った。

ミライは、嘘《うそ》つきだ。そして、ミライが嘘《うそ》をつく時は決まって……っ!

「待ってて!　絶対、大丈夫だから!」

それから先のことは、あんまりよく覚えていない。

私は大慌てでミライのことを職員さんに伝えると、ミライは病院に運ばれていった。

私も一緒に向かった。

病院で待っているとユキちゃんが来てくれて、私のことを強く抱きしめてくれた。

そして……

「心臓病です。……それも、極めて特殊な」

お医者さんが、私達にそう告げた。

「た、助ける方法は⁉　ミライは、助からないんですか⁉」

血相を変えたユキちゃんが、お医者さんにそう聞いた。

「方法がないわけではないですが、特別な手術が必要になりますので……」

手術費に、六〇〇万ポンドかかる。

伝えられた瞬間、目の前が真っ暗になった。

六〇〇万ポンド……日本円で、約一〇億。そんなお金、あるわけがない。

チェスの大会で優勝しても、とてもじゃないけど……

「あの、ミライはすぐに手術の必要があるわけではないですよね⁉」

私が絶望の淵《ふち》に沈みそうになった時、ユキちゃんがそう言った。

「そうですね……。入院は必要になりますが、容態を安定させるだけなら。……ですが、そちらも手術費ほどではないですが、かなりの費用が……」

「私が払います！　だから、どうかミライをよろしくお願いします！」

自分の無力が、悔しかった。結局、私は何もできない子供でしかない。

ミライが死んじゃうかもしれないのに、私は何もできなくて……。

「エマ、絶対に諦めちゃダメよ！　お金があれば、ミライは助けられるの！　私が、お父様に掛け合ってみる！　お父様ならきっと……」

…………

……

「ごめん、エマ。お父様にお願いしてみたけど……ごめん、ごめんねぇ……」

翌日、ユキちゃんが涙を流しながら、私にそう言った。

光郷《こうごう》ヤスタカさんにミライの手術費をお願いしたけど、断られたからだ。

「ううん、ユキちゃんは悪くないよ。私が悪いの……」

もっと、お勉強を頑張っていればよかった。お勉強ができたら、ブルーパディーで一番優秀な成績だったら、光郷《こうごう》ヤスタカさんはミライを助けてくれたかもしれない。

だけど、私の成績は下から数えるほうが早いくらい。

そんな子のお願いなんて、聞いてもらえるわけがない。

「…………」

世界は残酷だ。

パパとママだけじゃなくて、今度は神様まで私達を見捨てようとしている。

私とミライの心臓を交換できればよかったのに。そうすれば、ミライは助かった。

……そうだ。私が死んじゃうのって、どうだろう？

私達は双子だ。だから、私の心臓をミライにあげるの。

ミライは、私なんかよりずっとすごい子だ。ミライなら、きっと一人でも……

――二人で、最高の復讐《ふくしゅう》をしてやろうね。

その時、ふとミライの言葉が頭をよぎった。

違う。そうじゃない……。私は、死んじゃいけない。ミライも、死んじゃいけない。

だって、私達の夢は『二人で幸せになる』ことだもん。

私達は、両親に捨てられた。それが、悔しくて悔しくて仕方がなかった。

だって、そうでしょ？　私はいいけど、こんなに素敵なミライを捨てるなんて有り得ない。

なのに、今度は神様まで私達を捨てようとしている。

そんなの認めない。絶対に復讐《ふくしゅう》してやる。

二人で幸せになって、幸せになって、復讐《ふくしゅう》してやるんだ！

「ユキちゃん、私、まだ諦めないよ」

「エマ……」

「まだ時間はある！　ミライのことは助けられる！　だから、できることは全部やる！」

こんなところで、ミライが死んでいいもんか！

幸せのためにお金が必要なら、どんなことをしてでも手に入れてやる！

私達は、幸せにならなきゃいけない。パパもママも……神様も嫉妬するくらい、世界でいっちばん幸せな家族になってみせるんだ！

「ねぇ、ユキちゃん。私、光郷《こうごう》グループで働くことできないかな？　そこで、すっごい利益を出したら、支援をしてもらえるかもしれないよね？」

「え？　う、うーん。難しいと思う……。エマはまだ子供だし、よっぽど特別な実績がないと働かせてもらうことはできないよ」

「なら、チェスとかはどう？　私、チェスなら得意なの！　大会で優勝して光郷《こうごう》グループ所属のプロプレイヤーになるの！」

「エマならできるかもしれないけど、それで六〇〇万ポンドも融資してもらうのは……」

やっぱり、難しいか……。ううん、諦めちゃダメ！

絶対に、何か方法はあるはずなんだ！　だから、一生懸命考えないと！

「私の価値を認めてもらって、お金を貸してもらう……。でも、ヤスタカさんは難しそう……。なら、他の誰か。私を必要としてくれる人がいれば……」

「お父様以外の他の人？　エマの価値を認めてくれる？　……あっ！」

「どうしたの、ユキちゃん？」

「あ、その、ね……」

複雑な表情を浮かべてる。それだけで、すごく大変なことなのは分かった。

「何か思いついたなら教えて！」

「思いついたには思いついたけど……すっごく危ない方法なの……」

「どんなに危なくても、へっちゃらだよ！　ミライがいないほうがずっと嫌だもん！」

「でも……」

「お願い！　私、絶対にミライを助けたいの！」

「分かった……。その、ね、お父様って結構な年なの。だから、もうすぐ後継者が決まるはず。

「……っ！　もしかして、ユキちゃんもその候補にっ！」

「ううん……。私は、候補に入ってない。多分、お兄ちゃん達の誰かが選ばれる。光郷《こうごう》グループで特に大きな実績を挙げてるのは、上のほうのお兄ちゃん達だから」

「なら、選ばれた後継者の人にお願いして、ミライをっ！」

「簡単には聞いてもらえないわ。お兄ちゃん達はすごく賢くて、優秀な人ばかり。だけど、冷たい部分もあってね。自分にとって有用じゃない人に、お金なんて絶対に出さない」

そう言われて思い出したのは、ブルーパディーの共通テストで優秀な子達のことだ。

成績はすっごく優秀だけど、その分みんなの輪から外れていることが多くて、どこか冷たい一面があった。もしも、養子の人達があの子達と同じなら……

「だったら、普通にお願いしてもダメだね……」

「ええ。だから、……騙《だま》し取《と》るの」

「え？」

「騙《だま》し取《と》るの。そして、それはエマにしかできないわ」

騙《だま》してお金を取る。それが、とてもいけないことなのは分かっていた。

だけど、他にミライを助ける方法がないなら……。

「私にしかできないって、いったいどういう……」

「貴女《あなた》の可愛《かわい》さで後継者の人をメロメロにして、遺産を手に入れるってこと」

「え？　えぇぇぇぇぇぇぇぇ!!　さすがにそれは……」

む、無理だよぉ！　私は、別にそんなに……

「だよね。失敗したら殺されるかもしれないもん。そんな危ないことをするのは……」

「……っ！　こ、殺っ！」

「光郷《こうごう》グループには、そういうことをする人達がいるの……。特に、お父様のそばにいる二人は、一国の大統領の命も簡単に奪えるって言われてるくらいの人達で……」

そんな怖い人達がいるの!?　だけど、ここで諦めちゃったら……

「……やる！　私、やるよ、ユキちゃん！」

「けど……」

「何もしなかったら、ミライが死んじゃう！　そんなの、生きてたって意味がない！　だから、私やってみる！」

「分かったわ……。けど、後継者が決まるまでまだ時間がある……。それまでに、他の方法があったらそっちを優先するから。……いいね？」

「うん！」

そうして一年後、私はユキちゃんと一緒に、日本へと向かった。

光郷《こうごう》グループの後継者――光郷《こうごう》シノ君に会うために……。

俺は、いったいどんな顔でエマに会えばいいのだろう？

鳳《おおとり》ミライ。イギリスにある児童養護施設『ブルーパディー』で育った、エマの双子の妹。

三年前に特殊な心臓病を患《わずら》い、以後はロンドンにある光郷《こうごう》グループ系列の病院に入院中。

発病してから二年程は、どうにか症状を抑えられていたそうだが、現在は病状が悪化。

医者から告げられた余命は一年。助けるためには、特殊な手術が必要。

手術のために必要な額は、一〇億円。

それが、昨日の晩に久溜間道《くるまみち》ダンから伝えられた真実だ。

——私のそばにも、昔はいたんだ。すごく美味《おい》しい、愛情がめいっぱい入った温かいご飯を作ってくれる人が。その人が、私の道標だった。

——ミライ、待っててね……。お姉ちゃんが、絶対に助けるから……。

「……エマ」

もし、俺が彼女の立場だったらどうしていただろう？

きっと、同じ道を選んだだろう。俺にとって、久溜間道家《くるまみちけ》はかけがえのない存在だ。

だからこそ、エマの気持ちは痛いほどよく分かる。

だが……

「俺では無理だ……」

助けられるのであれば、助けてやりたい。彼女のために、一〇億を用意してやりたい。

だが、俺は光郷《こうごう》グループの遺産を引き継いでいない。

一年以内に、一〇億という額を用意することはできないんだ……。

「シノ、おはよっ！」

「ああ、おはよう。……エマ」

無垢《むく》な笑顔で俺の下へやってくるエマを見つめていると、得も言われぬ気持ちになる。

彼女はいったい、この笑顔の裏側にどれほどの想《おも》いを……。

「ありがとね。わざわざお迎えに来てくれて」

「いや、気にしないでくれ……」

いつもの公園ではなく、エマの住んでいるマンションの前で合流。

昨日の刺客が、またいつ襲ってくるか分からない。だから、二四時間態勢でエマを守る。

だが、それを続けたとして何になる？　俺の任務も、エマの目的も、今のままでは……。

「なぁ、エマ。昨日の件だが……わっ！」

エマが、俺の腕を力強く抱きしめた。

「さっ！　早く行こっ！　急がないと、遅刻しちゃうよ？」

「いや、そうではなくてだな。昨日の件についてだが——」

「もちろん、昨日の約束は覚えてるよ！　放課後は、一緒に鳳頼寺《ほうらいじ》に行こうね！」

「い、行くのか？　確かにそういう約束ではあったが……」

「行くに決まってるじゃん！」

エマ、君も分かっているはずだ。今、自分がどれほど危険な立場にあるかを。

「だとしても、昨日の今日だ。さすがに……」

「シノは、心配しすぎ！　大丈夫だよ！　いざとなったら、私だって頑張れるんだから！」

そう言って、エマが自らの胸に手を添える。

君が制服の内ポケットに、小型拳銃を仕込んでいるのは知っている。

だが、相手はプロの課報員《エージェント》だ。そんな武器一つで対処できるような相手ではない。

何より、君はその引き金を引くことのできない優しい人間ではないか。

「分かった……。それなら、今日は二人で鳳頼寺《ほうらいじ》に行こう」

「うん！　一緒に素敵な思い出を作ろうね！」

意味がないんだ……。エマ、君のやっていることは、何一つ意味を成さない。

俺では、君の妹を助けられないんだ……。

「あと、昨日は助けてくれてありがとう！　シノ、すっごくかっこよかったよ！」

「いや、怖い思いをさせてすまなかった……」

「なんでシノが謝るの？　シノは、全然悪くないよ？」

昨日は事なきを得たが、次も確実に守れるという保証はどこにもない。

久溜間道家《くるまみちけ》全員で動いたとしても、限界はあるだろう。

だが、一つだけ……エマの安全を確実に保証する方法がある。

それは……

「エマ、君のことは必ず俺が守る。だから、安心してくれ」

「ふふふっ。ありがとう、シノ！」

俺とエマが、恋人関係を解消すればいいんだ……。

◇

「はぁ……。朝から嫌なもんを見た……」

「奇跡が起きて、一週間前に戻らないかなぁ……」

登校すると、俺達を見て憂鬱な言葉をこぼす男子生徒達。

その中には、女生徒から人気のある男子生徒も何人か交ざっている。

胸に宿るのは罪悪感。

昨日の山田《やまだ》さんもそうだが、直正高校《ちょくせいこうこう》には俺よりも遥《はる》かに魅力的な男が何人もいる。

鳳《おおとり》ミライが病を患《わずら》っていなかったら、七篠《ななしの》ユキが別の手段で金を得ていたら、俺達の関係は成立しなかった。エマは、幸せな日常を過ごせていたはずだったんだ。

今、羨望《せんぼう》の眼差《まなざ》しを向けている男子生徒の誰かと恋人になっていたかもしれない。

俺のような、分不相応な男と恋人になんてならなかったんだ。

「シノ、お昼休みは一緒にお弁当食べようね」

「ああ。楽しみにしているよ。じゃあ、またあとで……」

ここからは、警備交替だ。

チヨと久溜間道《くるまみち》ダンは、直正高校《ちょくせいこうこう》に仕掛けたカメラで常時校内の監視を。

久溜間道《くるまみち》イズナは、職員に扮《ふん》してエマの警護を。

大丈夫だとは思うのだが……、それでも不安はぬぐい切れなかった。

…………

……

一部の男子生徒は、未《いま》だに俺とエマが恋人関係になったことに衝撃を受けているようだが、さすがに日数が経《た》ったおかげか、教室内に入っても注目されることはなくなった。

なので、俺は窓際《まどぎわ》の自席へと向かい着席。

すると……

「へい、シノ！　へいへい、シノシノシノぉ～……って、わお！」

今日も賑《にぎ》やかな上尾《かみお》コウが、俺の下へとやってきた。

「どしたん？　地球滅亡の危機かってくらい、沈んだ顔をしてるけど？」

「別段、いつもと変わらないつもりだが？」

「い〜や、違うね！　どんだけ一緒にいたと思ってるんだ！」

「出会ってから、一年程度しか経過していないが……」

「そんだけありゃ、充分よ！」

屈託のない笑顔で、誇らしげにサムズアップ。

表情や態度を変化させない訓練は、受けているのだがな……。

「で、エマちゃんと何があったん？」

「なぜ、そうなる？」

「ははは！　シノが悩むことなんて、それ以外あるわけないだろ？」

まぁ、その通りか……。

「自分がエマのそばにいていいのか、分からなくなった」

「うわぁ〜……。ありがちな悩みぃ〜。高嶺《たかね》の花のあの子と自分を比べて系だわ」

「もう話さなくていいか？」

「おわっ！　ちょっと待てって！　折角だから、相談に乗らせてくれよ！　友達だろ？」

リアクションが大袈裟《おおげさ》なコウと触れ合っていると、いくらか気が楽になる。

それは、今が日常という環境の中だからだろう。

「で、何でそう思ったん？」

「自分がそばにいることで、エマに迷惑をかけると判断したからだ」

「んじゃ、別れれば？　そうなったら、男子どもは大喜びだ。次は、自分がエマちゃんの彼氏になれるかもしれないってな」

「……なんだと？」

俺との関係が解消したからといって、エマが新しい恋人を作る理由にはならん。

妹のために必死に奮闘するエマには、そんな有象無象ではなく、もっと立派な……

「おっ。やっぱ、怒ったな。じゃあ、答えは出てんじゃね？」

「意味が分からん」

いったい、何を言っているのだ？

「怒ったってことは、シノはエマちゃんを他の男にとられたくないってことだろ？」

「そうなのか？」

「そうだよ。だから、付き合ってて良し。これからも、仲良くやれよ！」

「しかし、エマの都合を考えないのも……」

「んな綺麗事《きれいごと》、どうでもいい！　自分の気持ちを考えろい！　そもそも、エマちゃんと付き合い始めたのだって、シノがエマちゃんを、自分のものにしたいって思ったからだろ？」

「それは……」

少し違うな。俺が恋人関係を継続しているのは、あくまでも任務のため。

彼女を自分のものにしたいなどと考えたことは、一度たりともない。

エマはエマのものだ。たとえ恋人同士になろうと、それは変わらない。

「ありがとう、コウ。参考になる話だった」

「ははは！　気にしなさんなって！　ただ、報酬としてジュースを――」

「そんなんどうでもいいから、さっさと席について」

「どわっ！　のっさん、いきなり後ろから声をかけるなよ！」

「だったら、HRの時間くらい分かっといて」

「えっ！　もうそんな時間なん？」

「三分過ぎてる」

「りょ！」

まるで脱兎《だっと》のごとく、自席へと向かっていくコウ。能美《のうみ》先生も、すぐに教壇に向かうと思ったが、その場から動かず、俺に対してどこか冷めた視線を向けている。

「どうしました？」

「まぁ、僕にとってはどうでもいいことだけど……」

後頭部をかきながら、能美《のうみ》先生が気怠《けだる》そうな眼差《まなざ》しを向ける。

「悩んでるなら、自分のことを正直に伝えてみたら？」

「どういうことでしょうか？」

「久溜間道《くるまみち》君って、自分の気持ちを素直に出さないタイプじゃん。だから、たまには素直に自分の気持ちを伝えてみたら？　どうなっても知らないけど」

「こういう話に、先生も入ってくるものなんですね」

「ぶっちゃけ、頭の中でこれ以上かかわるなって警報が鳴ってる」

「……ありがとうございます」

俺がお礼を告げると、能美《のうみ》先生は小さく頷《うなず》き、教壇へと向かっていった。

自分の気持ちを最優先、何も隠さず正直に伝える、か。

だとすると、俺がとるべき行動は……

…………

……

授業が終わると同時に、俺は一人の女子生徒の座席へと向かっていった。

まさか、俺から彼女に対して話しかけることになるとはな……。

「影山《かげやま》、少しいいか？」

「リン。何回言わせるつもり？」

発言内容は怒りを示すものだが、態度は上機嫌。何かいいことがあったのか？

「君と親しい関係と思われるのは――」

「だとしたら、こうして話しかけていること自体、間違いなんじゃない？」

「緊急事態だ。どうしても、君の意見を伺いたい」

「ふーん……。なに？」

影山《かげやま》が鋭い眼差《まなざ》しで、俺を見つめる。

「あくまでも喩《たと》え話なのだが、とある目的のためにどうしても大金を必要としている人物がいたとしよう。そして、君が大金を持っているとしたら――」

「絶対にやらない」

一切の迷いを持たず、影山《かげやま》がそう告げた。

「理由を伺いたい」

「お金は、努力じゃなくて結果に対して支払われるもの。努力しただけで、お金を渡すような都合のいい人間に、私はなるつもりはない」

「……そうか」

何も言い返すことができないな……。

俺の生きていた世界も同じだ。どれだけ厳しい訓練をこなしていようが、死ぬ奴《やつ》は死ぬ。

自分は必死に訓練をしていたと告げるだけで、見逃すような甘い人間はいない。

生き残ることができるのは、運のいい奴《やつ》と強さを証明できた奴《やつ》だけだ。

「ありがとう、影山《かげやま》。おかげで、自分がやるべきことが分かったよ」

「どういたしまして。——で、シノはいつになったら結果を見せてくれるの？」

影山《かげやま》を名字ではなく、名前で呼べという要求か……。

「鋭意努力する」

「前と変わってないよね？」

「『鋭意』が加わっているぞ？」

「あっそ」

結局、最後は影山《かげやま》を不機嫌にしてしまったようで、そっぽを向かれてしまった。

◇

放課後、HRが終了した直後にエマと合流し、俺達は直正高校《ちょくせいこうこう》を後にした。

鳳頼寺《ほうらいじ》は直正高校《ちょくせいこうこう》から駅をまたいで、一五分ほど歩いた箇所に位置する神社だ。

やや急な石段を上った先に広がるのは、緑に溢《あふ》れた静寂な空間。

広すぎず狭すぎない。バランスの取れた面積。初めて訪れたが、いい場所だな……。

「着いたね、シノ！」

「ああ」

平日ということもあってか、俺達以外に訪れている者は誰もいなかった。

といっても、住職に扮《ふん》している久溜間道《くるまみち》イズナや、身を潜めてこちらの様子をうかがってい
る久溜間道《くるまみち》ダンやチヨは除くが。

「………」

もちろん、俺も警戒心は解かない。変装技術を持っているのは、俺達だけではない。

昨日の刺客も変装して襲ってきた以上、久溜間道《くるまみち》イズナ以外の住職は警戒の対象だ。

「あの……シノ、大丈夫？」

「問題ない」

しまったな。エマを怖がらせてしまってどうするんだ。

今日の目的は、デートだ。

彼女を楽しませることを最優先で……やったとして、いったいどうなる？

俺の任務は、『鳳《おおとり》エマを、光郷《こうごう》グループに取り入れること』。

だが、鳳《おおとり》ミライを救えない以上、この任務の達成はもはや不可能と言ってもいい。

「じゃあ、一緒にお参りしよ。私、ここに来たら絶対にお参りするんだ！」

「そうするか」

鳥居を越え、少し真《ま》っ直《す》ぐ進んだ後、手水舎《ちょうずや》で手を清める。

「私、手水舎《ちょうずや》って好きなんだ。柄杓《ひしゃく》って、日本独特って感じがして楽しいよね」

「確かに、日本以外で見た経験はないな」

「あれ？　シノって、海外に行ったことがあるの？」

「まぁ、それなりにな……」

主に日本国内で訓練をしていたが、実戦任務の現場が海外だったこともある。

楽しいと一言で片づけられるような経験ではなかったが、良《い》い思い出がないわけではない。

「そうなんだ！　ちなみに、どんな国に行ったことがあるの？」

「そうだな、様々な国に行ったぞ。アメリカやフランス……それに、イギリスにも」

「え？　イギリスにも？　じゃあ、もしかしたら私とシノって……」

「どこかで、出会っていたかもしれないな」

光郷《こうごう》グループが運営する児童養護施設……ブルーパディーを訪れたことはないが、光郷《こうごう》製薬ロンドン本社には訪れたことがある。あの時は、新薬のデータの護衛だったか。当時は、七篠《ななしの》ユキも光郷《こうごう》製薬で働いていたし、エマと出会っていた可能性もあるのかもしれないな。

「ふふふ……。そうだったら、素敵だね」

「ああ。俺もそう思うよ」

もしも、俺達の出会い方が違っていたら。俺が諜報員《エージェント》ではなければ、エマの妹が病を患《わずら》っていなければ……俺達には、違う形があったのだろうか？

「ん？」

「どうしたの、シノ？」

参道を進む途中で見かけたもの、それはおみくじだ。

当初は、細工していい結果をなんて考えていたが、結局一切の仕込みはしていない。

「折角だし、おみくじを引いていかないか？」

「あっ！　いいね！　じゃあ、引いたら比べっこしよっ！」

お互いに一〇〇円玉を投入し、からくり箱を振る。

エマが引いた番号が、二四。俺が引いた番号が、一三。

それぞれ、番号が記載された引き出しから、紙を一枚取り出すと……

「あっ！　吉だ！」

「俺は中吉だな」

「あちゃ～。シノの勝ちかぁ～」

「いや、違うぞ。エマの勝ちだ」

「え？　でも、シノが中吉で、私は普通の吉だから……」

「おみくじは、大吉、吉、中吉の順でいい結果になっているんだ。中吉は、吉の半分を表《あら》わす運勢。だから、エマの勝ちだぞ」

「そうだったんだ。吉が二番目にいいなんて、知らなかった」

海外生活が長いエマにとって、おみくじの順番というのは馴染《なじ》みがないのだろうな。

「えーっと……待ち人、誰かが連れてきてくれる。恋愛、すれ違いはあるも想《おも》いは繋《つな》がってい
る。願い事、信じれば叶《かな》いますだって！　やったぁ！」

「いい結果だな」

「うん。シノは、なんて書いてあった？」

「俺は……」

待ち人……自らが一歩踏み出せば出会える。

恋愛……貴方《あなた》の選択次第で変化する。願い事……極めて困難だが、可能性はある。

「シノもいい結果だね！」

「そうか？　あまりいい印象は……」

「だって、努力すれば願いが叶《かな》うってことでしょ？　何にもしないで願いが叶《かな》っちゃうより、
頑張って叶《かな》えた願いのほうが、ずっと貴重だと思うよ」

「エマはすごいな……」

俺は、すぐに悲観的に物事をとらえてしまう。

だけど、エマはその真逆だ。きっと、今も妹を助けられることを信じて……

「シノ、どうしたの？」

「いや、何でもない。では、行くか」

「うん！」

…………

……

本殿に辿《たど》り着《つ》いたところで、エマと共に参拝を始める。

鈴を鳴らした後、財布の中から小銭を取り出して、賽銭《さいせん》箱へと投入。

一〇〇円玉を一枚、一〇円玉を二枚、五円玉を一枚。

その後、二礼二拍手。おみくじの順番は知らなかったエマだが、参拝の作法については知っていたようで、俺と同様の動きをとっている。

「…………」

手を合わせながら、俺は懸命に祈る。

もしも神がいるのであれば、どうか彼女の願いを叶《かな》えてくれ。

たった一つ……たった一つだけある、極僅かな可能性。

叶《かな》えば、鳳《おおとり》ミライの命を救うことが──

『シノ、落ち着いて聞け』

その時、俺の耳に装着されたワイヤレスイヤホンから久溜間道《くるまみち》ダンの声が響いた。

『お前が送った、申請の結果が出た』

それは、昨晩に俺が打った唯一の手。

光郷《こうごう》グループに対して、「グループにとって、重要な協力者に成り得る人物のため、手術費を必要とする」というものだ。恐らく、無理であることは分かっている。

だが、奇跡が起これば……。僅かでも、可能性があるのなら——

『残念だが……通らなかった』

「……………そうか」

「シノ？」

突然言葉を呟《つぶや》いたことで、エマが不思議そうな目で俺を見つめている。

やはり、慣れないことはするべきではないな……。

神に願えばあるいは……と思ったが、そう甘い話ではないようだ。

鳳《おおとり》ミライの余命はあと一年。正式な遺産の引き継ぎは、直正高校《ちょくせいこうこう》を卒業する二年後。

間に合わない。

俺には、一〇億という額を用意することはできない。鳳《おおとり》ミライを救えないんだ……。

ならば、せめて……

「よし！　じゃあ、この後はゲームセンターでシノと一緒に——」

「エマ、君に大切な話がある」

「え？」

もしも、この言葉を告げることがあるとすれば、エマからだと思っていた。

まさか、俺から言うことになるとはな……。

「俺達の関係は、もう終わりにしよう」

「…………っ！」

唐突に告げられた言葉の意味を理解できなかったのか、エマの動きがそこで停止した。

焦点の合わない瞳のまま、引きつった笑顔を作っている。

「い、いきなりどうしたの？　関係を終わりって……」

「恋人関係を解消しようということだ」

「…………っ！」

エマの笑みが、完全に消えた。

瞳は徐々に滲《にじ》んでいき、涙が溢《あふ》れてきている。折角の綺麗《きれい》な顔が台無しだ……。

「嫌だよ！　どうして！　どうして、突然⁉」

「これ以上、この関係を続けても何も意味はない。そう判断したからだ」

エマは光郷《こうごう》ヤスタカの遺産を目的に、日本へとやってきた。

だからこそ、それが手に入れられないと分かれば、イギリスへと帰るはずだ。

そうすれば、彼女の安全は保証される。鳳《おおとり》ミライの最期《さいご》の時を共に過ごせる。

俺には鳳《おおとり》ミライを助けることはできない。だから、せめて最期《さいご》の時くらいは……。

「そ、そんなことないよ！　私、まだシノとやってみたいこと沢山ある！　ねぇ、嘘《うそ》でしょ？

いつもの冗談だよね？」

「冗談ではない」

「私、なにかした⁉　シノが嫌がることしてたの⁉　それなら、直すから！　ちゃんと──」

「そういうことではないんだ」

エマ、違うんだ……。君に落ち度はない。

むしろ、君と恋人でいられて本当に楽しかった。今まで経験したことのない感情の揺らぎ。

苦労をしたことも多かったが、楽しさが遥《はる》かに勝っている。

「じゃあ、このままでいようよ！　私、シノのお家《うち》にもまだ行ってない！　シノの家族に会ってみたい！　いつも話してくれてる、妹さんにも……」

「……っ！」

「シノ？」

妹という言葉が、胸に深く突き刺さる。別れを告げたら、こうなることは必然だ。

エマは鳳《おおとり》ミライを救うために、危険を承知で俺との恋人関係を続けているのだから。

「エマ。君の気持ちは痛いほど理解できる。だが……」

伝えるべきではない。このまま、何も伝えずに去るべきだ。そして、明日にでも俺達の関係が解消したという情報を校内に流布《るふ》すれば、刺客が彼女を狙う可能性は大きく下がる。

守るべきなんだ。妹のために、危険を顧みずに俺の恋人で在り続けようとする少女を。

「ダメだ……。俺は君との恋人関係を解消する。そのほうが、君のためにもなる」

「やだ！　私、シノと別れない！　別れたくない！」

言葉と同時に、エマが俺の体に思い切り抱き着いてきた。

本当は腕を回して抱きしめてやりたい。彼女の涙を止めてやりたい。

だが、それは一時しのぎ。根本的な問題解決には繋《つな》がらない。

「ならないよ！　全然私のためにならない！　分かってるよ！　シノは優しいから私を守ろうとしてくれてるんだよね？　昨日みたいなことがあったから、私を――」

「俺は、鳳《おおとり》ミライを救えないんだ!!」

「…………え？」

ああ、言ってしまった……。ここまで言う必要はなかったというのに……。

俺は、諜報員《エージェント》失格だな。

「な、なんで……？　なんで、シノがミライのことを……」

「全て知っている。君が七篠《ななしの》ユキと暮らしていること。君が鳳《おおとり》ミライの手術費を得るために、光郷《こうごう》ヤスタカの遺産を必要としていること。そして……このブレスレットに盗聴器が仕込まれていることも」

「……っ！　そ、そんな……」

先程まで俺を抱きしめていた腕は離れ、一歩また一歩とエマが俺から離れていく。

「盗聴については気に病む必要はない。俺も、同じことをしていたからな」

「シノ、も？　まさか……っ！」

瞬間、エマが常に身につけているペンダントを確認した。

「そうだ。君のペンダントにも仕掛けられている」

「じゃあ、シノはずっと……」

「全て聞いていたよ、君と七篠《ななしの》ユキの会話を。そして、調査をして君達の目的も割り出した。鳳《おおとり》ミライの手術費を得るために、君は俺と恋人になったのだろう？」

伝えるべきではない情報だということは分かっているが、心が従わない。

「なら、どうして……」

「俺は俺で目的があった。だから、君の策略に乗ったふりをしていただけだ」

「でも、お弁当だって普通に食べて……あっ！」

「そうだ。七篠《ななしの》ユキの予想通り、俺に自白剤は効かない。幼い頃に耐性をつけているからな」

「あ、あ、あぁ……」

「ただ、あの時に君に伝えたことに嘘《うそ》はない」

「そんなの……」

「信じてもらえなくていい。ただ、俺が伝えたかっただけだ……」

エマ、俺は君に多くのことを隠している。

だが、そんな俺だからこそ君に嘘《うそ》をつきたくなかった。

たとえまやかしであったとしても、君と過ごせる日常が心地よかったから……。

俺に鳳《おおとり》ミライを救うことはできない。俺達は、お互いに恋愛感情など抱いていない。

関係を解消するには、充分な理由だろう？

「だから、もう終わりにしよう。君と俺の関係は――」

「待って……。待ってよ！」

エマが瞳に涙をにじませて、俺の制服を掴《つか》む。

「久溜間道《くるまみち》……ううん、光郷《こうごう》シノ君！ お願いします！ 私はお金が必要なんです！ どうしても、どうしてもお金が必要なんです！ だから、だからぁ……」

「ミライを助けて下さい!!」

彼女の願いを叶《かな》えられたら、どれほど素晴らしいだろう？

だが、俺の力では……

「できないんだ……」

「なんでもします！　どんな命令でも、従います！　ですから、お願いします！　ミライを、妹を助け――」

「俺は、遺産を引き継いでいない」

「……え？」

「後継者が光郷《こうごう》グループの実権や遺産を引き継ぐのは、高等学校を卒業してから。故に、一年以内に一〇億という額を用意することはできない」

「そんな……」

この表情は、これまでにも何度も見たことがある。

悲しみでも恐怖でもない、絶望に包まれた……俺の最も忌《い》むべき感情だ。

「鳳《おおとり》エマ、君がしていることは全て無駄だ。だから、俺達の関係を終わりにしてほしい」

「そう、なんだ……。シノでも、ミライは助けられないんだ……」

自分の無力が、ただただ情けなかった。

俺にもっと力があれば、俺がもっと光郷《こうごう》グループから信頼されていれば、多少無茶な申請も通った可能性があった。鳳《おおとり》ミライの手術費を得られたかもしれないんだ。

目の前で涙する少女一人救えないで、なにが一流の諜報員《エージェント》だ……っ！

「……すまない」

「ううん、謝らなくていいよ。私、シノにいっぱいひどいことをしたもん」

「…………」

何も答えない。結果の出ない努力を伝えるなど、ただの言い訳でしかないのだから。

「き、今日までありがと。その、嘘《うそ》っこの恋人だったけど、すごく楽しかったよ……」

エマが俺から離れていく。目視できるはずなのに、まるで遥《はる》か遠くにいるような感覚。

それは、俺達の関係が崩壊してしまったからだろう。

最後に、涙で歪《ゆが》んだ笑顔を精一杯向けると、

「さよなら、シノ」

そう告げて、エマは去っていった。

「任務、失敗か……」

【幕間：暁闇《あかときやみ》の戦車《タンク》】

——〇一時二四分　某所。

「いよいよだな、戦車《タンク》」

魔術師《マジシャン》の問いに、首を縦に振る形で返事をした。

普段、魔術師《マジシャン》と策を練る際は、コンビニエンスストアに向かい、二人になったタイミングを見計らって行っていたのだが、今日は違う。

集まっている場所は、住宅街にそびえる一軒家。

近隣の住民も、まさかこんな場所に諜報員《エージェント》がいるなどと夢にも思っていないだろうな。

それも、二八名という大所帯で。

予《あらかじ》め、直正高校《ちょくせいこうこう》の周囲に潜んでいた諜報員《エージェント》が我々を含めて五名、『あの方』へ申請し、応援として駆けつけてくれた者が二三名。応援は二〇名でいいと伝えたのだが、『あの方』が気を利《き》かせて、そこから更に三名の人員を加えて頂けた。期待の表《あら》われだ。

「さて、んじゃ作戦を説明するぜ」

これだけの人数が揃《そろ》っていると、あの時のことを思い出すな。

光郷《こうごう》グループの機密情報を奪取しようとして、失敗した任務を……。

「AチームとBチームは、手筈《てはず》通り頼む。あぁ、戦闘は最低限にしろよ？　ぜってぇ勝てねぇからとにかく逃げろ。引き付けられりゃそれでいい。んで、Cチームは……」

だが、今回は決して失敗しない。全ての準備を整えた。穴という穴は全てを埋めた。

あの忌々《いまいま》しい久溜間道家《くるまみちけ》に、必ずや辛酸を嘗《な》めさせてやろう。

「七篠《ななしの》ユキを狙え。最悪、殺してもいい」

明日、直正高校《ちょくせいこうこう》に盾《イージス》と調色板《パレット》はいない。

いるのは、光郷《こうごう》シノと久溜間道家《くるまみちけ》の一人娘だけ。だが、その一人娘も……。

「戦車《タンク》、笑いすぎ。作戦が成功したわけじゃねぇんだぞ？」

分かっている。だが、今ぐらいはいいだろう？

これまでの屈辱の日々が、ようやく終わりを告げるのだから……。

「光郷《こうごう》シノ、お前はもう終わりだ」

第五章
久溜間道シノ

「グッモーニン、シノ！　今日も青春しちゃってる？」

　自席に座っていると、朝練を終えたコウが勢い良く俺の下へとやってきた。

「いつも通りだ」

「そっか！　なら、よし！」

　俺の返事を確認した後、正面の自席へと腰を下ろし、椅子を時計回りに半回転。

　その後、周囲を確認した後に俺へ顔を近づけると……

「その……、本当に大丈夫か？」

　小さな声で、そう確認をした。

「問題ない」

　あれから、一週間が経過した……。

　俺とエマが恋人関係を解消した翌日には、その情報は（俺によって）直正高校《ちょくせいこうこう》に流布《るふ》され、大きな話題を生んだ。

　初めは、偽りの情報ではないかと多くの生徒が疑っていたが、俺がエマと一切交流をしていないのを見て確信に変わったのか、多くの男子生徒がエマへ愛の告白をしたとか。

俺のほうは高校生活では変化はなし。だが、本来の生活には大きな変化が起きた。

刺客が、再び俺の命を狙い始めたのだ。この一週間で、二回ほど。

「お、おう……。問題ないならいいんだ。えっと……あ、そうだ！　シノ、明日暇か？」

「何とも言えんな……」

俺達は、未《いま》だに直正高校《ちよくせいこうこう》に潜む刺客の発見に至っていない。

故に、エマとの恋人関係を解消した今でも、彼女の護衛は久溜間道《くるまみち》家で行っている。

「ん〜……。まぁ、俺が部活を休めばいっか」

コウが小さく呟《つぶや》く。後に、俺へ明るい表情を向けると……

「なら、今日はどうだ？」

「絶対に外せない予定がある」

「うげっ！　マジかぁ〜……」

すまない、コウ。だが、今日だけはダメなんだ。

『シノ兄、あんまり気を張りすぎないでね。校内は私がバッチリ監視してるし、パパとママも終わったらすぐ来てくれるって言ってるからさ』

ワイヤレスイヤホンから響くチヨの声。

新たに現《あら》われた刺客は、それぞれ別グループだったようで、拠点《アジト》を特定できたのはよかったのだが、結果としてそちらに人員を回さざるを得なくなった。

故に、今日に限っては久溜間道《くるまみち》ダンと久溜間道《くるまみち》イズナは直正高校《ちよくせいこうこう》にいない。

俺とチヨだけで、エマの警護に当たらなくてはならないんだ。

「じゃあ、やっぱ明日だ！　新しくできたラーメン屋に行きたいから、付き合え！」

「興味深いが、しばらくは難しそうだ……」

いかなる時に、直正高校《ちよくせいこうこう》に潜む刺客がエマを狙うか分からない。故に、彼女の護衛を取りやめるわけにはいかない。取りやめるのは、刺客を発見した時か、エマが直正高校《ちよくせいこうこう》を去る時。

もしくは……、俺が直正高校《ちよくせいこうこう》を去るよう光郷《こうごう》グループから命令された時だろうな。

俺は失敗した。光郷《こうごう》グループからの任務を達成できなかった。

それに伴うペナルティは、確実に科されるだろう。

「ん～～～！　なら、しばらくが終わったらラーメンな！　約束だぞ？」

「善処する」

「かぁ～！　なんだその中途半端《ちゆうとはんぱ》なのは！　さみしいじゃないか！」

「……すまん」

俺は、明日から直正高校《ちよくせいこうこう》にいないかもしれないんだ。

俺だって、本当は……。

「おはよう、エマ」

「……あ。リンちゃん、おはよ」

朝、直正高校《ちょくせいこうこう》に登校すると、昇降口でリンちゃんが私を待っていてくれた。

シノと別れちゃった翌日から、リンちゃんが会いに来てくれるようになったの。

クラスも違うのに、毎朝昇降口で私のことを待っていてくれて、すごく嬉《うれ》しかった。

「今日もひどい顔」

「あはは……。そんなことないよ」

左手の温《ぬく》もりはなくなって、春のはずなのに、まるで冬のような寒さを感じる。

きっと、これは私への罰。嘘《うそ》をついて、お金を騙《だま》し取《と》ろうとした私への。

やっぱり、悪いことはしちゃダメなんだね……。

「そんなことある。私も似たような顔をしたことがあるから」

「そうなの？」

「うん。やりたいことが全部上手《うま》くいかなくてね。その時、今のエマみたいな顔をしてた」

「そっかぁ」

いったい、リンちゃんに何があったんだろう？

興味はあったけど、聞けなかった。だって、私はもうすぐここからいなくなるから。

ユキちゃんと話し合って決めたんだ。イギリスに帰ろうって。

もうお金は手に入らない。それなら、せめて最期《さいご》の時までミライのそばにいたい。

だから来週、私は日本からいなくなっちゃうんだ……。

「ごめんね、リンちゃん」

「理由が分からないから、怒ることも許すこともできない」

「あはは……。そう、だよね……」

折角、お友達になれたのに、あと少しでお別れの時が来ちゃう。

もう私は、リンちゃんにもシノにも会えなくなるんだ……。

「…………」

キュッと、胸元のペンダントを握り締める。

何もかもを失った私にたった一つだけ残った思い出のプレゼント。

もう、これをつけても何も意味はないことは分かってる。

だけど、どうしても外したくなくて、私は今でもこのペンダントを身につけていた。

「あ～……。その、さ……」

リンちゃんが、どこか歯切れの悪い様子で私を見つめる。

「上手《うま》くいかなくても、最後まで足掻《あが》くのって大事だよ」

「え？」

「終わりよければ全て良し。最悪の思い出は、最高の結果があれば簡単に覆《くつがえ》せるからさ」

「ありがと……」

やっぱり、リンちゃんは優しいなぁ。

「行こ。悪い虫は、私が払ってあげる」

「うん」

そうして、私はリンちゃんと一緒に教室へ向かっていった。

「……もう必要ないんだったな」

昼休み。屋上へ続く階段に辿《たど》り着《つ》いたところで、我に返り足を止める。

俺はいったい何をやっている？　屋上に行っても、もうエマは……

「……………あ」

その時、正面から聞き慣れた声が響いた。

「シノ……」

なぜ、エマがここに？　……いや、ただの偶然だろう。

自分にとって都合の良《い》い願望を振り払い、俺は真《ま》っ直《す》ぐに歩を進め始めた。

「あ、あのさ、シノ！」

「………」

エマの声が、俺の足を止めた。

「その、ね……。私、もうすぐイギリスに帰るから。えっと……いっぱい迷惑かけちゃって、ごめんなさい……」

「お互い様だ。何も気にすることはない」

俺は、再び歩を進めた。

そうか。エマはイギリスに帰るのか。なら、あと少しで彼女の安全は保証される。

俺のやったことは、無駄ではなかったんだ。

だから、これでいい。これで、よかったんだ……。

◇

「——つうわけで、無事に万里の長城で迷子になった生徒を発見したわけよ！　いや〜、あの時はマジで安心したね。修学旅行先で行方不明者なんて洒落《しゃれ》にならんしな！」

五限の授業は、世界史。終了まで、残り六分。

多少前後するケースはあるが、雑談を行っているということは、今日の授業で教えるべき内容を終えて、残り時間をつぶすために雑談を行っていると考えるのが妥当なところだろう。

「……って、まだ時間ちょっと余ってるな」

終了まで五分。時計を確認する教師へ「別に早く終わってもいいだろ」と生徒達が視線で語り掛けるが、教師にも立場があるのか視線の意図に気づきながらも雑談を継続した。

「でな、その迷子だった奴《やつ》が俺に会った時に言ってたことなんだけど……」

迷子、か。少しだけ、今の自分の状況と似ているな。

何が正しいか分からず、咄嗟《とっさ》に思いついた選択を取る。

俺の選択は、本当に正しかったのだろうか？　判断を誤った可能性も……

「『どこに行ってたんですか？　がむしゃらに捜しましたよ！』だぜ？　逆だろ、逆！」

そうだ……。すでに選択を終えた後だ。だったら、がむしゃらにやるしかない。

「えーっと……、久溜間道《くるまみち》、聞いとるか？」

「はい。非常に勇気のもらえる話で、決意を新たにできました」

「生徒が迷子になっただけの話で⁉　まぁ、別に聞いてなくてもいいけどよ……」

そう言いつつも、世界史の教師はどこか寂しそうな表情を浮かべていた。

ちゃんと聞いていたのだが、中々難しいものだ。

「そろそろ終わらせっかな……」

授業終了まで残り一分。いつもであれば、授業が終わる直前に校内を監視しているチョから
定期連絡が入るのだが、先程から連絡が一切ない。

「おっ。時間だ。ほんじゃ、今日の授業はここまで！」

授業終了。一四時二〇分を示すチャイムの音が鳴り響き、世界史の教師は教室を後にした。

そして、俺が六限の準備を整えている時だ。

「あ、いたいた。久溜間道《くるまみち》君、ちょっといい？」

担任の教師……能美《のうみ》先生がやってきた。

六限の担当は能美《のうみ》先生ではない。にもかかわらず、俺を訪ねてきたということは……

「次の授業の準備、手伝ってくんない？　資料の量がバカみたいに多くてさ」

「俺が、ですか？」

「うん。君が」

端的に返事が来る。

「なぜでしょうか？」

「理由なんて、どうでもよくない？　無駄なやり取りは面倒だし、早く来てよ」

「………」

後頭部をボリボリとかきながら、言葉通りめんどうそうな表情を浮かべている。

だが、俺が一切の返答をしないと、視線を泳がせた後、

「悩んでる時は、体を動かしたほうがいい気晴らしになるかなって……」

どこか気恥ずかしそうに、そう言った。

まったく……。こういう時に限って、教師らしいことを言うのだから困ってしまうな。

「分かりました。それでしたら、……ありがとうございます」

「お礼を言うのはこっちだけどね。じゃ、行こうか」

「はい」

そうして、俺は能美《のうみ》先生と共に教室を後にした。

…………

三階から階段を上り、五階へ。ここには職員室と校長室、それに生徒指導室などがある。

資料を運ぶのだから職員室に行くと思いきや、能美《のうみ》先生はそこを素通りした。

「職員室じゃないんですか？」

「まぁね。資料を運ぶなんて、呼び出すための口実だし」

「では、本題はなんでしょう？」

「あ〜……。まぁ、何ていうか……やったことに対する後始末って感じかな」

後始末？

「その、さ、君と鳳《おおとり》さん、別れちゃったじゃん？　もしかして、僕が余計なことをしたかもしれないなって思って……」

「確かに、そういった側面はありますね」

「うっ！　ハッキリ言うね……」

あの日、能美《のうみ》先生に告げられた言葉——素直に、自分の気持ちを伝える。

それが俺の心を後押しし、エマとの恋人関係を解消しようという考えに至った。

だが、その考えは以前からあったものだ。前日にエマが襲われた時から……。

「能美《のうみ》先生に対して、恨みがあるわけではないので」

「そっか……。まぁ、それなら……じゃあ、入ってよ」

会話をしながら、向かったのは生徒指導室。ドアの前で、能美《のうみ》先生が足を止めた。

言葉に従い、一歩前へ進みドアを開くと……


「僕は恨みがあるよ。……光郷シノ君」


背後から、冷たい声が響いた。

咄嗟《とっさ》に振り返ろうとも考えた。だが、それを眼前の光景が止める。

生徒指導室の中にいる人物は、全部で三名。

「シノォ……」

一人が、椅子に座らされているエマ。

頭部には銃を突きつけられており、涙を流しながら俺を見つめている。

「よく来たな、光郷《こうごう》シノ」

もう一人は、エマの頭部に銃を突きつけている男。

初めて会う男だが、何者かは知っている。魔術師《マジシャン》と呼ばれている諜報員《エージェント》だ。

そして、最後の一人は……

「シ、シノ兄、ごめん……」

チヨだ。全身を殴打《おうだ》された跡があり、体を拘束されその場に力なく倒れている。

「盾《イージス》と調色板《パレット》の娘って聞いてたから警戒してたけど、クソ弱いってよ。なぁ、戦車《タンク》？」

「まぁね」

魔術師《マジシャン》がチヨを嘲笑《あざわら》う。……弱くて当然だ。

チヨは、最低限の戦闘訓練だけを受けた、後方支援を得意とする課報員《エージエント》なのだから。

「こうして課報員《エージエント》として君と話すのは、あの日の放課後以来だね。……光郷《こうごう》シノ君」

鍵の閉まる音が、無機質に響く。

眼前に映る光景が、背後から聞こえる声が、俺に全ての答えを提示していた。

この男だ。この男だったんだ……。

能美《のうみ》先生……いや、能美《のうみ》が直正高校《ちょくせいこうこう》に潜み続けていた課報員《エージエント》……戦車《タンク》だったんだ。

「前に会った時とは、随分と口調が違うな」

「こっちのしゃべり方で話したら、一発でバレんじゃん。そんなアホなこと、するかって話」

普段の気怠《けだる》そうな表情とはまるで異なる、活《い》き活《い》きとした歪《いびつ》な笑み。

それは、エマを襲った際に見せていた笑みとよく似ていた。

「両手を上げて。武器とか通信機は没収するから」

「…………」

今すぐにでもこの男を殴り飛ばしたい欲求を堪え、俺は指示に従った。

すると、戦車《タンク》は慎重に俺のボディチェックを行い……

「ん？　棒切れ一本？　いや、フェイクもあるか」

奪われたのは、制服の内側に仕込んでいた警棒。

他にも武器を所持していないか疑っているようだが、俺が所持している武器はそれだけだ。

「念のためシャツも……は？　ロープ？　もしもの時のための脱出用か。……だる」

戦車《タンク》はめんどうそうな声をあげながら、警棒やスマホを奪い取り、俺が体に巻き付けていたロープを取り外す。教室にある鞄《かばん》にもいくつかの武器を仕込んではあるが、今からでは……。

「かっこいいブレスレットじゃん。校則違反じゃないから、見逃してあげる」

戦車《タンク》は、俺から奪った警棒やスマホ、そしてロープを少し離れた机の上に置く。

そこには、エマの物と思われる小型拳銃もあった。

「………」

「にしても、マジで棒切れ一本じゃん。他の武器は教室の机か鞄《かばん》にでも仕込んであるのかな？

そっちは、校則違反だよ」

もはや、教師と生徒という関係性ではないだろうが。

「じゃ、席についてもらえる？　特別授業の始まりだ」

指示された通り、エマの隣へと腰を下ろす。正面には戦車《タンク》が腰を下ろした。

「折角だし、ネタバラシをしてあげるよ。あの時の僕の目的は、鳳《おおとり》エマを調べること。彼女が光郷《こうごう》グループの諜報員《エージェント》か、君の本当の恋人か。そして、後者だった場合に備えてもう一つの策も用意していた。それが、……君の危機感を煽《あお》ることだよ」

「なに？」

「心配で仕方なかったんだよね？　鳳《おおとり》エマが自分の恋人でいたら、再び襲われるかもしれない。だからこそ、君は彼女との関係を解消した。……けど、それは大ミスだよ。そばにいないと、肝心な時に守れないでしょ？　厄介な君がいないおかげで、簡単に捕まえられた」

最初から、それを狙っていたということか。

あえて、俺がエマと恋人関係を解消するような考えに至るよう……。

「いいアドバイスだったでしょ？」

自分の浅はかさが情けない。今日だけは、エマのそばにいるべきだったんだ。

久溜間道《くるまみち》ダンと久溜間道《くるまみち》イズナが、直正高校《ちょくせいこうこう》にいない今日だけは……。

「シノ、ごめんなさい……。迷惑かけちゃって、ごめんなさい……」

「謝るのは俺のほうだ。巻き込んでしまって、本当にすまない……」

「いいねぇ！　大ピンチに出会う男と女なんて、ドラマチックだなぁ！　大逆転の兆《きざ》しって感じがビンビンするわ。戦車《タンク》もそう思わね？」

「確実に僕らが勝てる状況だけどね」

魔術師《マジシャン》が「まぁな」と苦笑交じりに答えた。

「今、直正高校《ちょくせいこうこう》には僕達が雇った諜報員《エージェント》が二〇人以上いる。この意味は分かるよね？」

エマやチヨだけでなく、校内全ての人間が人質というわけか……。

「俺達の世界のルールを忘れたのか？」

諜報員《エージェント》は、影の存在。俺達は、知られないことにこそ真価がある。

校内での一般人の殺害。そんな現場を誰かに目撃などされてみろ。

この世界での戦車《タンク》の信頼は失われ、光郷《こうごう》グループとしてもそんな男を雇っているような人物に跡を継がせることなど決してないだろう。

「誰にも気づかれずに殺せば問題ない。そのくらいのこと、余裕でできる連中だよ」

「…………」

虚勢ではないのだろうな。戦車《タンク》の自信に溢《あふ》れた態度が、俺にそれを確信させる。

「もちろん、僕は人が殺したくて仕方がないシリアルキラーじゃないからね。言うことを聞いてくれれば殺すつもりはない。人質は直正高校《ちょくせいこうこう》の人間だけじゃないしね」

「……なに？」

「七篠《ななしの》ユキの身柄も、こっちで押さえてるよ」

「…………っ！」

俺にとって、七篠《ななしの》ユキはほぼ無関係の人間だ。だが、エマにとっては……

「やめて。ユキちゃんには、何もしないで……。私なら、何をされてもいいから……」

「健気《けなげ》ぇ～！　俺、こういう子、大好き！　なぁ、戦車《タンク》。全部終わったら、この子俺がもらっていい？　小銭稼ぎに便利だろ？」

「勝手にして」

自然と拳を握る力が強くなる。

「で、こっからが本題。僕達の要求だけど――」

「光郷《こうごう》グループから相続される実権と遺産の放棄……いや、譲渡か？」

「優秀な生徒を持って、僕は幸せ者だ」

仮に俺の命を奪った場合、俺という後継者は失われるが、光郷《こうごう》グループの実権と遺産が誰に引き継がれるかは分からない。だが、俺自身から譲渡されれば、その人物は確実に実権と遺産を手に入れられると考えているのだろう。

「なら、これにサインしてもらえる？」

そう言って、戦車《タンク》は俺に一枚の紙とペンを手渡した。

「『光郷《こうごう》シノは、光郷《こうごう》ヤスタカより引き継ぐ光郷《こうごう》グループの実権と遺産を全て、光郷《こうごう》オリバーに譲渡し、以後、契約内容の撤回を決して行わない』か……」

光郷《こうごう》オリバー。光郷《こうごう》警備の社長の座についている、養子の中では三男にあたる男だ。

この男が、これまで裏から手を引いていた人間か……。

「口に出さなくていいから、さっさとサインしてくんない？」

「……………」

どうする？　この書類にサインをしてしまったら……

「もしかして、救援が来るまでの時間稼ぎしてる？　だったら、無駄だよ。頼りになるご両親は、今頃追いかけっこに夢中だろうからね」

「何もかも、そちらの手の内だったわけか……」

「ご名答」

この一週間、突如として襲ってきた刺客。

それらは、俺達に別グループだと錯覚させるために、戦車《タンク》が差し向けたものだったんだ。

あえて拠点《アジト》を特定させることで、こちらを手薄にして……。

「頼りの盾《イージス》と調色板《パレット》はいない。久溜間道《くるまみち》の一人娘はズタボロ。大切なエマちゃんは君の横で絶賛人質中。こんなんじゃ、サインをするしかないよね？」

「シノ兄、ダメだよ……。それにサインをしちゃったら……」

チヨが弱々しく、そう告げた。

今からでも、俺一人であればこの二人から逃げ出すことができる。

そうすれば、こいつらも光郷《こうごう》オリバーも終わりだ。光郷《こうごう》グループの後継者へ反旗を翻《ひるがえ》した者としてその身を拘束され、確実に継承権を失うことになる。

だが、その代償としてエマとチヨ……そして、七篠《ななしの》ユキは確実に殺されるだろう。

「シノ、ダメだよ！　その、私のことはいいから！　だから──」

「うるせぇ」

「……あうっ！　い、痛いよぅ……」

エマの頭部を、魔術師《マジシャン》が銃身で殴りつけた。……落ち着け、落ち着くんだ。

「それ以上やったら、殺すぞ」

沸騰するような怒りの中、ようやく声を絞り出す。

「今の君に何ができるわけ？」

「さぁな。だが、以前にも俺に騙《だま》されて貴重な部下を失った間抜け共が相手だからな。ここから逆転できないと諦めるには、まだ早いと思わないか？」

「…………」

魔術師《マジシャン》と戦車《タンク》のこめかみに、血管が浮かび上がった。

「なぁ、戦車《タンク》」

「分かってる」

ゆっくりと机をずらすと、そのまま足を前に。俺の腹部へ衝撃が走る。

「……がっ！」

「こないだの放課後の仕返しね」

「やめて！　シノにひどいことしないで！」

「君はうるさいからペナルティ」

「え？」

そう告げると、戦車《タンク》は通信機を取り出した。

「殺しちゃって」

「……っ！　待って！　今、なんて……っ！　やめて！　ユキちゃんは関係な――」

直後、通信機から乱暴な音が響き渡った。……銃声だ。

あえてサイレンサーをつけず、エマや俺に聞こえるように撃ったのだろう。

そして、直後……

『始末しました』

通信機から、無機質な声が響いた。

「あ……。あぁぁぁぁぁぁぁぁぁぁ!!」

エマが泣き崩れる。別れの言葉を告げることもできず、唐突に訪れたあっけない終わり。

それから少し時間が経《た》つと、ただ茫然《ぼうぜん》と……人形のように無機質な表情でエマは沈黙した。

「で、どうする？　君がサインしないなら、次は鳳《おおとり》さんの番だけど？」

許せない。エマの大切な人間を奪い、光郷《こうごう》グループの全てを奪い取ろうとする。

そんなことは、断じて認められない。だが……

「選べよ。可愛《かわい》いエマちゃんか、光郷《こうごう》グループか」

俺は、これまで光郷《こうごう》グループを守るため、光郷《こうごう》グループのために育てられてきた。

だからこそ、選ぶべきは光郷《こうごう》グループだ。だが……

「分かった……」

この状況で、抵抗など無意味だ。

エマの身柄は押さえられた。武器や通信機はほぼ全て奪われ、チヨは動けない。

久溜間道《くるまみち》ダンは、戦車《タンク》の用意した陽動部隊を追っている。

加えて、直正高校《ちょくせいこうこう》内には二〇人以上の刺客。一人で、太刀打ちできる人数ではない。

「………」

受け取った契約書に、自らの氏名を記載する。

「これでいいか？」

「……細工はしてないね」

戦車《タンク》は契約書を確認した後、口角を歪《いびつ》に上げた。

「魔術師《マジシャン》、頼んだよ」

片手でサイレンサー付きの銃を取り出し、エマへ銃口を向ける。

空いた手で、契約書を魔術師《マジシャン》へと手渡した。

「んじゃ、契約書が受理されるまで、ここで大人しく待っててちょ。まったねぇ～」

「殺されないだけ感謝しろ」

「はいはい、負け惜しみ負け惜しみ」

そう告げると、魔術師《マジシャン》は満足げな様子で生徒指導室から去っていった。

…………

時刻は、一五時一五分。現在地は変わらず、五階の生徒指導室。

魔術師《マジシャン》がここを去ってから、三〇分程経過した。そろそろ、放課後になる時間だ。

「はぁ……。遅いな……」

時計を確認しつつ、苛立《いらだ》ちを示す戦車《タンク》。

しかし、それから数分が経過すると連絡が入ったようで……

「うん。……うん。オッケー、よくやった」

相手は、魔術師《マジシャン》だろう。戦車《タンク》がしきりに頷《うなず》いているのが、少し印象的だった。

そして、通話を切ると……

「受理されたって」

「なら、俺達をどうする？　殺すのか？」

「殺さないよ。光郷《こうごう》グループの実権がオリバー様に移った以上、殺しても意味ないし。てかさ、折角だし僕の部下として雇ってあげようか？　諜報員《エージェント》として、大分優秀だし」

「そんな話に乗ると思うか？」

「乗ったほうが得じゃん？　君は、もう後継者じゃなくなった。そうなると、久溜間道家《くるまみちけ》の力も当てにできないでしょ？」

久溜間道家《くるまみちけ》は、光郷家《こうごうけ》の当主に仕える課報員《エージェント》だ。

つまり、光郷《こうごう》オリバーが正式に後継者となった場合、彼に仕える義務が発生する。

「ま、気が変わったら連絡してよ。これ、僕の連絡先ね」

そう告げて、戦車《タンク》はプリントの一部を切り取り、そこに電話番号を記した。

「ようやく長い任務が終わったよ。教師って、本当にダルいんだよね。自分を賢いと思ってるガキの相手とか――」

「そうだな。もう終わっていいるな」

「あ？」

俺の突然の言葉に、戦車《タンク》が怪訝《けげん》な表情を浮かべる。

魔術師《マジシャン》がここを去ってから三〇分。それだけの時間があれば、終わった頃だろう。

「戦車《タンク》、お前達の策は素晴らしかったぞ。複数人の課報員《エージェント》を雇い、久溜間道《くるまみち》ダンと久溜間道《くるまみち》イズナを引き離し、チヨとエマの身柄を確保。本来であれば、俺はお前の策にはまっていた。

……………何も知らないままだったらな」

「君、何言ってんの？」

戦車《タンク》が嘲笑《あざわら》う。俺はそれを無視して、隣に座るエマへと顔を向けた。

「ありがとう、エマ。君のおかげだ。君のおかげで、俺達は勝機を見出《みいだ》せた」

「……シ、ノ？」

力ない瞳、弱々しい声。

鳳《おおとり》エマは、特殊な技術を持たない一般人だ。

唯一所持していた武器は、胸部に潜めた小型拳銃のみ。

――と、戦車《タンク》達は思ったのだろう。だが、それは大きな間違いだ。

エマの胸部にはもう一つ、とびっきりの武器が仕込まれていた。

それが、俺達を勝利へと導いてくれたんだ。

「あのさぁ、何なわけ？　僕は無駄が嫌いなんだ。だから――」

「さっきも言ったではないか」

「お前達の策は、全て失敗に終わっている、と」

──少し、時を戻そうか……。

昼休み終盤。五限の授業である世界史の準備をしつつ、俺は考えていた。

なぜ、エマはあのような行動を取り続けているのだろう？

鳳来寺《ほうらいじ》で別れを告げた際、盗聴器を仕掛けていることは伝えている。

にもかかわらず、なぜ彼女はあのペンダントを……

「いや、俺も同じか……」

だが、それを侮蔑する気持ちは一つもなかった。

俺も彼女と同様、身につけ続けていたからだ。あの日にもらったブレスレットを。

『ああ、いたいた、鳳《おおとり》さん。ちょっと来てもらっていい？』

『能美《のうみ》先生……。えっと、もうすぐ授業ですから……』

ふと、俺の身につけるワイヤレスイヤホンから聞こえてきたのは、エマと能美《のうみ》先生の声。

なぜ、能美《のうみ》先生が授業開始直前にわざわざエマに……

『七篠《ななしの》ユキが、どうなってもいいのかな？』

「…………っ!?」

思わず座席から立ち上がる。すぐさま教室を出ようとしたが……

「おい、久溜間道《くるまみち》。今から授業だってのに、どこに行くんだ？」

寸前、教室にやってきた世界史の教師の声で我に返る。

「す、すみません……。すぐ席に戻ります」

慌てて言葉を取り繕い、着席をする。

いったい、何が起きている？　なぜ、能美《のうみ》先生がエマを……

『能美《のうみ》先生、どういうことですか⁉　なんで、ユキちゃんが……』

『今頃、君の住むマンションには怖い人がいるってこと。てわけで、来てくれるよね？』

『…………っ！』

能美《のうみ》……。お前か、お前だったんだな……。直正高校《ちよくせいこうこう》に潜んでいた諜報員《エージエント》は。

だが、どうやって俺達に気づかれることなく、エマの身柄を押さえた？

直正高校《ちよくせいこうこう》には複数の監視カメラを仕掛け、チヨが……ドアを開く音がイヤホンから響く。

恐らく、どこかの教室に連れていかれたのだろう。

『おつかれ、戦車《タンク》。クソガキ一匹と鳳《おおとり》エマの確保。どっちもやってくれてサンキューな』

『そうしないと、君が直正高校《ちよくせいこうこう》に入れないからね。魔術師《マジシヤン》』

『うぅ……』

『え？　貴女《あなた》は……』

『ははは……。初めまして、エマさん……。私、久溜間道《くるまみち》チヨ……』

『久溜間道《くるまみち》、チヨ？　もしかして、貴女《あなた》は……』

『うん。シノ兄の妹。ごめんね、ヘマしちゃった……』

『うるさいっての』

『あぐっ！』

『まさか、火災報知器の奥に隠し部屋を作ってるとはねぇ。けど、バレたら終わりだよな？』

今すぐにでも教室を飛び出したい感情を、必死に理性で抑え込む。

エマとチヨは捕らえられ、久溜間道《くるまみち》ダンと久溜間道《くるまみち》イズナは直正高校《ちよくせいこうこう》にいない。

こちらが、圧倒的に不利な状況だ。……だが、活路はある。

『それじゃ、第一段階は成功したし、そろそろ陽動部隊を戻そうぜ。いくら逃げるだけって言っても、盾《イージス》と調色板《パレット》の相手はしんどいだろ？』

奴《やつ》らは、気づいていない。エマのペンダントに、盗聴器が仕掛けられていることを。

ならば、可能な限り情報を……

『そうだね。あの二人には、存在しない刺客を探し続けてもらおうか』

なるほどな。ここ最近、俺を襲ってきた刺客達の目的はそれだったのか。

あえて、拠点《アジト》を特定させることで久溜間道《くるまみち》ダンと久溜間道《くるまみち》イズナを……

「母さん、そちらの状況を教えてくれ」

『抵抗はされているけど、少しずつ数が減っているわね。恐らく……』

「すぐに七篠《ななしの》ユキの救出に向かってくれ」

ブレスレットを口元にあて、俺は小さくそう呟《つぶや》いた。

『任せてちょうだい』

最優先は、七篠《ななしの》ユキの安全確保。

人質として利用されているようだが、それはエマの身柄を確保するためのもの。

それが終わった以上、用済みと見なされ殺されかねない。

『シノ、俺はどうする？』

暗号名《コードネーム》、『盾《イージス》』。彼が直正高校《ちょくせいこうこう》に来れば、戦車《タンク》達を捕らえることには成功するだろう。

だが、それだけではダメだ。最も優先すべきは……

「向こうを油断させるためにも、父さんはまだ陽動にかかったふりをしていてくれ。だが、裏にいる人物が判明次第、そちらの確保に動いてほしい。必ず、俺が暴いてみせる」

『大丈夫か？　そうなると、俺は直正高校《ちょくせいこうこう》に……』

「問題ない」

『そうか……。信じているぞ』

諜報員《エージエント》の世界は、騙《だま》しあい、裏切りの連続だ。そんな世界にいる俺だからこそ、『信じる』という言葉のありがたみをよく分かっている。

『戦車《タンク》、ここには誰も来ないんだよな？』

『当たり前でしょ。予《あらかじ》め根回しは済ませてあるから、誰も来やしないよ』

『オッケーだ。陽動部隊が戻ってくるのは、あと四〇分くらいかかるし……あいつらが戻ってきたら直正高校《ちょくせいこうこう》に配置して、五限が終わるくらいで戦車《タンク》が光郷《こうごう》シノを呼び出せ』

『それで、光郷《こうごう》シノに契約書にサインをさせて、魔術師《マジシャン》が光郷《こうごう》グループ本社の弁護士に受理させれば、こっちの勝ちだね』

『そゆこと』

どこだ？　どこにエマは囚《とら》われている？

『せ、生徒指導室で暴力とか、あんた達最低だね……』

『うるさいガキだな。黙ってろって』

『ぎゃっ！』

『やめてよ！　チヨちゃんが死んじゃう！　どうして、こんなひどいことを……』

よくやったぞ、チヨ。すまないが、もう少しだけ耐えていてくれ……。

お前の分まで、必ず奴《やつ》らには報いを受けさせる。

『こいつらのせいで、僕の仲間が何人もやられててね。むしろ、この程度で済ませてることに、感謝してもらいたいくらいだよ』

今、戦車《タンク》とその仲間……魔術師《マジシャン》が生徒指導室に、エマとチヨを監禁している。

奴《やつ》らの目的は、俺に契約書にサインさせること。

恐らく、光郷《こうごう》グループの実権を放棄、または譲渡させるような内容だろう。

加えて、久溜間道《くるまみち》ダンと久溜間道《くるまみち》イズナの陽動を行っている部隊がいて、そいつらがこれから直正高校《ちょくせいこうこう》へやってくる。つまり、学校中の人間が人質ということだ。

となると、守るべきはエマや七篠《ななしの》ユキだけではない。

直正高校《ちょくせいこうこう》の人間全員を守る必要がある。

どうやって、彼らの安全を確保する？　俺一人で対応できるような人数ではない。

いったい、どうすれば……。

…………

……

「そういやさ、前に修学旅行で中国に行った時なんだけどな、万里の長城で迷子になった生徒がいたんだよ。あの時は、マジで焦《あせ》ったね。生徒が行方不明ってだけでも洒落《しゃれ》にならんのに、観光名所でとんでもない人の数だ。そこからどうやって、見つけるんだってな」

授業終了まで残り一〇分。タイムリミットは、刻一刻と迫っていた。

だが、策が思いつかない。何か手段はあるはずなんだ。

奴《やつ》らも諜報員《エージェント》である以上、この世界のルールは守らざるを得ない。

破ってしまえば信用を失い、奴《やつ》らの雇い主は根本的に相続権を失う可能性がある。

つまり、殺すとしたら人知れずに命を奪う。

ならば、それができない環境を、諜報員《エージェント》が良く目立つ環境を作り出せば……

「けど、割とあっさり見つけられたんよ。実はその迷子になった生徒がさ、めちゃくちゃ焦《あせ》ってたみたいで、人混みを逆走したり、ジャンプしたりしまくってたわけ！」

ん？　人混みを逆走？　ジャンプだと？

「人が多いからこそ、変なことしてる奴《やつ》って目立つんだよなぁ」

世界史の教師が、軽快な笑いと共にそう言った。

そうか……。そうじゃないか！

「コウ、少しいいか？」

俺は自分の座席の前に座る上尾《かみお》コウへ、小さく語り掛けた。

「どうした、シノ？」

「頼みがある」

「ん？　エマちゃんとよりを戻したいのなら……」

「違う。むしろ、その逆だ。ある意味、非常に有意義な情報を提供する」

「意味分かんね。けど、興味はあるから教えてくれ」

「放課後になったら、放送室に行って伝えてほしいことがあるんだ。鳳《おおとり》エマが――」

「はぁぁぁ！　マジで⁉」

俺が伝えた言葉が衝撃的だったのか、コウが授業中にもかかわらず大きな声を出した。

即座に教室中の注目が、コウへと集まる。

「上尾《かみお》、久溜間道《くるまみち》、どした？」

「何でもありません。上尾《かみお》君がいきなり話しかけてきました」

「おいぃぃ！　おま、とんでもない裏切りを――」

「上尾《かみお》、まだ授業中」

「うっ！　す、すみません……」

教師に注意をされ、コウが弱々しく返事をする。そして、再び授業へ戻ると……

「まったく……。お前って、たまにわけ分かんねえこと言い出すよな」

不満げな視線を、コウが俺へと向けた。

「……すまん」

「別にいいって。そういうとこも含めて、シノだからな」

「どういう意味だ？」

「俺の友達ってこと」

本当に、俺はいい友人に恵まれたな……。

「任せとけよ。いっちょ、ぶちかましてやるからさ」

「今度、ラーメンをおごる」

「へへっ！　約束、やぶんなよ？」

――現在。

「僕達の作戦が失敗してる？　君、頭イっちゃってるの？」

下らない。聞いたのは時間の無駄だった。そう言わんばかりの態度で俺を嘲笑《あざわら》う。

その時、戦車《タンク》の通信機が点灯した。

「出たらどうだ？」

「…………」

怪訝《けげん》な表情をしながらも、重要な連絡である可能性も考慮したのだろう。

戦車《タンク》が、通信機を手に取る。すると……

『エマァァァァァァ‼』

「なっ！」「えっ⁉」

女のとてつもない叫び声が、通信機から響いた。

「ユ、ユキちゃん⁉　なんで？　だって、ユキちゃんは……」

『エマ、よかったぁ！　無事なのね？　今、助けに行くからね！　私も無事だから！　えっと、知らないお姉さんが助けてくれたの！　だから、心配しないで！　自分のことだけ――』

七篠《ななしの》ユキの言葉が最後まで終わるよりも先に、戦車《タンク》が通信を切った。

先程までの余裕は一切ない。焦燥に溢《あふ》れた表情を、俺へ向けている。

「その顔が見たかったぞ」

「なんで七篠《ななしの》ユキが生きてる⁉　さっき、『始末した』って通信が……まさか……」

「普通の口調で話したら、一発でバレるからな。そんなアホなこと、すると思うか？」

「ぐっ！　お前ぇ……っ！」

あの時、戦車《タンク》と会話をしていたのは、久溜間道《くるまみち》イズナ。

そして、始末されたのは七篠《ななしの》ユキを捕らえていた刺客だ。

「よかった……。ユキちゃん……。ユキちゃん……っ！」

「すまない、エマ。本当はもっと早く伝えたかったのだが……」

「ううん！　ありがとう、シノ！　ユキちゃんを助けてくれて、本当にありがとう！」

あの通信が終わってから、三〇分は経過している。つまり……

「なら、直正高校《ちょくせいこうこう》には奴《やつ》が……」

再び、通信機が点灯する。戦車《タンク》が、恐る恐る手に取ると……

『こうして諜報員《エージェント》として貴方《あなた》と話すのは、貴方《あなた》が光郷《こうごう》グループの機密情報を奪取しようとした時以来よね。……戦車《タンク》君』

「パ、調色板《パレット》……」

『あの時と同じ言葉を、もう一度伝えてあげる。……電波を調整させてもらったから、もう通信機は使えないわよ』

「おい、お前は何をやっている⁉　契約書が受理されたことを聞いては――」

『あと八人。安心してちょうだい。折りはしてないわ。ただ、満遍なく外しているだけ』

そう告げると、通信は一方的に切られた。

「なんでだ！　七篠《ななしの》ユキが生きているのはいいさ！　問題は調色板《パレット》だ！　なんで、あいつが、僕の部下に攻撃をしている⁉」

苛立《いらだ》ちは叫びに。戦車《タンク》が怒りのままに、俺へそう問いかける。

「契約書は受理された！　光郷《こうごう》グループの後継者はオリバー様になった！　だったら、調色板《パレット》はこっち側になるはずだ！　久溜間道家《くるまみちけ》は後継者に仕える！　だから――」

「それが答えだ」

戦車《タンク》の言葉を遮り、俺はそう伝えた。

「確かに、契約書は受理されたのだろう。『光郷《こうごう》シノは、光郷《こうごう》ヤスタカより引き継ぐ光郷《こうごう》グループの実権と遺産を全て、光郷《こうごう》オリバーに譲渡し、以後、契約内容の撤回を決して行わない』。この内容は、誰にも破ることはできないだろうな。なにせ……」

「光郷《こうごう》グループに、光郷《こうごう》シノなどという男は存在しないのだから」

「は？」「え？」

俺から告げられた言葉に、戦車《タンク》だけでなくエマもまた呆気《あっけ》にとられた表情を浮かべる。

理解しているのは、たった一人。

チヨだ。生徒指導室の床に倒れるチヨだけが、不敵な笑みを浮かべていた。

「存在しない男と契約を交わしても、光郷《こうごう》グループの相続権は何一つ変わらん」

「お、おま、何を……」

「戦車《タンク》、おかしいと思わなかったのか？」

「おかしい、だって？」

「俺は単独でお前の雇った諜報員《エージエント》を仕留め、エマが襲われた際も自らの身を挺《てい》して彼女を守るだけの力を持つ。……しかし、そんな力は果たして後継者に必要だろうか？」

瞬間、戦車《タンク》が分かりやすく顔を青ざめさせた。

「まさかお前は……。お前の正体は……」

「暗号名《コードネーム》『新影《シヤドウ》』。新たなる光に照らされ、影として生きる者……」

「俺の名は、久溜間道シノ。光郷《こうごう》グループの後継者を守る……影武者だ」

『オリバー様、契約書は受理されましたよ。これで、光郷《こうごう》グループはあんたのものだ』

「そうか！　よくやったぞ！」

電話越しに聞こえる魔術師《マジシャン》の声に、私は強く拳を握り締める。

ついに、手に入れたぞ！　光郷《こうごう》グループの実権を！　この私……光郷《こうごう》オリバーが！

「ふふふ……。はははははは‼」

誰もいない社長室で、ついはしたない笑い声をあげてしまう。

まったく……。こんな姿、部下には見せられんな。

「しかし、まだ安心はできんな」

いくら光郷《こうごう》グループの実権を引き継いだとはいえ、それで全てが終わるわけではない。

私が光郷家《こうごうけ》の実権を引き継ぐことが知られれば、他の兄弟が黙っていないだろう。

つまり、次に命を狙われるのは光郷《こうごう》シノではなく、私になるのだ。

などと、少し怯《おび》えすぎか？　なにせ、私には久溜間道家《くるまみちけ》がついているのだからな！

久溜間道家《くるまみちけ》は、光郷家《こうごうけ》の当主に仕える諜報員《エージェント》だ。

私が正当な後継者となった今、光郷《こうごう》シノではなく、これからは私に仕えることになる。

敵であった時は恐ろしい存在だが、味方になればこれほど頼もしい存在はいない。

戦車《タンク》に魔術師《マジシャン》……そして、盾《イージス》と調色板《パレット》がいれば、私の安全は保証されたも同然だ。

「さて……」

社長室の電話機を手に取る。

受話器から響く無機質な呼び出し音が、勝利を祝福するファンファーレのように聞こえる。

早く出ろと思う反面、もう少しこの音を聞いていたいと思う自分がいた。

『はい。神宮寺《じんぐうじ》です』

「私だ。オリバーだ」

『オリバー様ですか』

電話の向こうの男は、光郷《こうごう》グループ専属の弁護士……神宮寺《じんぐうじ》ハヤト。

お父様が亡《な》くなって以降、この男が光郷《こうごう》グループの遺産や権力についての管理を一時的に行っている。といっても、この男はあくまでも中立の立場だ。

「契約書の件は、聞いているか？」

『ええ。私が直々に受け取りましたから』

「そうか」

魔術師《マジシャン》は、本当にいい仕事をする。手間が一つ省けた。

「単刀直入に伝えるが、光郷《こうごう》グループの管理権を光郷《こうごう》警備に移してもらいたい。以後の資産や権利の管理は、全てこちらで行う」

『それは致しかねます』

「………………は？」

　電話の向こうから聞こえた無機質な声に、私は思わず間抜けな声を漏らす。

「なぜだ？　お父様はすでに亡《な》くなっている。ならば、相続は……」

『ええ……。ですから、ヤスタカ様の言葉に従い、後継者の方が高等学校を卒業するまでの間、管理は私のほうでいたします』

「ふざけるな！　契約書は受理したのだろう！　ならば――」

『光郷《こうごう》グループに、光郷《こうごう》シノという男は存在しません』

「なん、だと？」

　端的に伝えられた事実に、私は受話器を落としてしまう。

　光郷《こうごう》シノが存在しない、だと？　だが、お父様は確かに……

『なので、オリバー様に光郷《こうごう》グループの資産を自由に扱う権利はございません』

「どういうことだ⁉　お父様が言っていたではないか！　光郷《こうごう》グループの実権は……」

『これ以上はお答えかねます』

　そう告げると、神宮寺《じんぐうじ》は一方的に通話を切った。

　どういうことだ？　光郷《こうごう》シノが存在しないだと⁉

ならば、直正高校《ちょくせいこうこう》に通うあの男は何者だ？　……いや、待て。

まさか、奴《やつ》の正体は……っ！

「……くっ！」

受話器を手に取り、即座に魔術師《マジシャン》へ連絡を繋《つな》げる。

そうか……。そういうことか！

恐らく、光郷《こうごう》シノは反乱分子をあぶりだすための影武者だ。だとすると、まずい！

私が光郷《こうごう》グループの後継者の命を狙ったことは、すでに知られてしまっている。

このままでは、私自身の立場が……。

「ええい、なぜ出ない！　急がねば……」

「もう遅い」

その声は、私の正面から響いた。

いつ、どうやって、ここまで辿《たど》り着《つ》いたかは私には分からない。

だが、その人物は確かに私の目の前にいたのだ。

開いている社長室のドア。その向こうでは、私が雇ったボディガード達が地面に伏せていた。

「電話先の男であれば、すでに無力化した。この先、課報員《エージェント》として活動するのは不可能だろう。

俺の娘に手を出したのだから、生きているだけでも感謝してもらいたいところだが」

言葉は冷静ながらも、激しい怒気を感じさせる声。

私は、この声を知っている。以前に、一度だけお父様の食事会で会ったことがある。

一目見た時から、私は恐怖した。決して、敵に回してはならないと本能が叫んでいた。

「ば、化け物め……」

光郷《こうごう》警備には、私が雇った屈強なボディガードが幾人もいたはずだ。

にもかかわらず、この男はたった一人で、一七階の社長室に辿《たど》り着《つ》いた。

セキュリティシステムも一切作動させず、傷どころか汚れ一つないその姿で。

「分かっていると思うが、全員無力化したぞ」

人間業じゃない。だが、この男ならばと思ってしまう一面もある。

かつてのお父様の懐刀《ふところがたな》。最強という名をほしいままにする諜報員《エージェント》。

この男は……

「なぜ、お前がここにいる⁉　久溜間道《くるまみち》ダン！」

「貴様を処理しに来た」

分かっている。だが、どうやってだ⁉

どうやって私が裏にいると突き止めた⁉　知りようがないだろう！

「通信機の類は、全て奪い取ったと……」

「便利なペンダントとブレスレットがあった。それだけだ」

意味が分からない。だが、私の疑問に答えを提示するつもりはないのだろう。

久溜間道《くるまみち》ダンは粛々と拳を振るい、私の顎を的確に貫いた。

「ぺひょ……」

視界がぼやける。情けない声を漏らしながら、私はそのまま地面と口づけを交わした。

この私が、この光郷《こうごう》オリバーがこんな無様な姿を……っ！

「こちら、盾《イージス》。光郷《こうごう》オリバーの身柄を確保した」

端的に告げられる言葉。

薄れゆく意識の中で私が聞いた最後の言葉は、「ここからの夜景は絶好だろうな。いいデートスポットとして使えるかもしれん」という意味不明な言葉だった。

「シノが影武者？　じゃあ、シノは……」

「ああ。俺には初めから相続権なんてないんだ……。隠していて、すまなかった」

もし俺が本当の後継者であれば、遺産を相続していなかったとしても、光郷《こうごう》グループに直接交渉をして一〇億という額を手に入れられた可能性があった。

だが、それができなかった。俺は、光郷《こうごう》グループに仕える諜報員《エージェント》でしかないのだから。

「なら、僕達がやってきたことは……」

「最初から、全て無駄だったということだ」

言葉と同時に、俺は制服の隠しポケットに潜めていたワイヤレスイヤホンを装着する。

『こちら、盾《イージス》。光郷《こうごう》オリバーの身柄を確保した』

「光郷《こうごう》オリバーは、父さんによって身柄を確保されたそうだ。残念だったな」

「……っ！　オリバー様っ！　お、お前ぇ！」

戦車《タンク》が、サイレンサー付きの銃を構える。

「人が殺したくて仕方がない、シリアルキラーではないのではなかったか？」

「黙れ！　そっちだって、さすがにオリバー様を殺せないだろ？　この情報を他の養子に渡して後継者になってもらえれば、オリバー様を救うことが……」

どうやら戦車《タンク》は、ただの雇われ諜報員《エージェント》というわけではないようだな。

「ああ。だから、貴様を逃がすつもりはない」

「はっ！　お前一人で何ができる？　調色板《パレット》は部下の相手で手一杯、盾《イージス》はここにいない！　こっちにはまだ人質がいる！　鳳《おおとり》エマを――」

『はいは～い！　皆さん、ご機嫌いかがですかぁ～!!』

その時、校内に設置されているスピーカーからコウの陽気な声が流れた。

『皆さんにおっかなビックリな情報を提供します！　なんと、あの鳳《おおとり》エマちゃんが彼氏を募集してるとのこと！　なので、現在絶賛告白受付中でありま～す！』

「え？　わ、私!?」

混乱するエマが、俺を見つめる。

『しかも！　エマちゃんは、一番最初に自分の所に来てくれた人の告白を絶対に、ずぇぇぇったいに受けてくれるってさ！　そして、そんなエマちゃんの現在地はぁ～……』

「こ、告白を受ける!?　なにそれ!?　私、何も聞いてない！　シノ、どういうこと!?」

すまない、エマ。君や生徒達の安全を確保するために、他にいい手段がなかったんだ。

『生徒指導室でぇす！　さぁさぁ、男子生徒諸君急ぎたまえ！　パーティーの始まりだぁ!!』

瞬間、まるで地響きのような音が直正高校《ちょくせいこうこう》に響き渡る。

恐らくだが、直正高校《ちよくせいこうこう》の男子生徒達が猛然とここを目指しているからだろう。

「戦車《タンク》、どうやら今からここには、大量の男子生徒が来るらしいぞ」

「おま……お前ぇぇぇぇぇ‼」

課報員《エージエント》は裏の世界でのみ存在を知られているからこそ、その価値を見出《みいだ》される。

一般大衆の面前で力を使うなど、言語道断だ。仮にこの場を切り抜けたとしても、以後は、表の世界からも裏の世界からも追われる存在となり、自らの価値を失う。

人が大勢いるからこそ、変なことをしている奴《やつ》は目立つものだ。

「シノ、どういうこと⁉　私、告白されても困っちゃうよ！　だって、私は……」

「案ずるな、エマ。女は、XX染色体。つまり、×は二つまでついていいものらしいぞ」

「そもそも、結婚しないけど！」

言われてみれば、そうだった。

「チヨ、エマのフォローを頼む」

「つつつ……。私、結構ボロボロなんだけど？」

「分かっている。だが、今の状況ではお前だけが頼りだ。……頼む」

そう告げて、チヨの拘束を解いた後、頭を優しくなでた。

「人使いが荒いなぁ」

「すまない。脱出には、そこのロープを使ってくれ。三階の窓を開けてある」

「オッケー」

チヨは立ち上がると、先程戦車《タンク》が俺から奪ったロープを手に取った。

『シノちゃん、残りはあと二人。こっちはもうすぐ終わるわ。そっちは、任せたわよ』

「ああ。任せてくれ」

直正高校《ちょくせいこうこう》に潜んでいる刺客達は、母さんが確実に処理してくれる。

だから、俺は戦車《タンク》だけを捕らえればいい。それが、信じるということだ。

「き、君達、落ち着きなさい！　今ここは――」

「真加部《まかべ》先生、どいて！　今すぐ、そこに行かなきゃいけない理由が……って、どわ！」

「俺が先だ！　お前がどけよ！」

「はぁ～⁉　ざっけんな！　お前こそ……くそ！　鍵がかかってやがる！　こじ開ける！」

ふむ……。これは、少し予想外の事態だ。軽い暴動が発生してしまっている。

「おい！　妙な動きをするな！　それ以上動いたら――」

「早く銃をしまったほうがいいのではないか？」

「ぐっ！」

いつ、生徒達が入ってくるか分からない状況で銃を使えるはずがないだろう。

「エマさん、こっち！　このロープで、三階まで降りよ！　そこまで行けば、火災報知器から隠し部屋に行けるから安全確保がバッチリできるよ！」

「ロープで、三階まで降りるのが危険すぎない⁉」

「命綱もつけるから、大丈夫！　ほら、急いで！　告白されると困っちゃうでしょ！」

「うぅ〜！　そうだけど……シノ！　その、助けてくれてありがとっ！　あとで、ちゃんとお礼を言わせてね！」

「ああ」

「下に誰もいませんように！」

最後にそう言うと、エマはチヨと共に生徒指導室の窓から飛び出した。

っと、いかんな。

そろそろ生徒達が入ってきそうだし、先程戦車《タンク》から奪われた武器を回収しておかねば。

「よっしゃぁ！　俺が一番乗りだ！　エマちゃん、俺と……って、あれ⁉」

「あれ？　エマちゃんは？　なんで、能美《のうみ》先生と久溜間道《くるまみち》が……」

「や、やぁ……。いらっしゃい……」

咄嗟《とっさ》に、繕った笑顔で対応する戦車《タンク》。

最初に入ってきた男子生徒は生徒指導室の中を見回すが、どこにもエマはいない。

続くようにやってきた生徒達も同じだ。

全員が全員、エマがいないことに困惑を示している。

「能美《のうみ》先生、そろそろここから出たいんで、先導してもらえますか？」

「…………ぐっ！　ぐぐぐ……っ！」

ここで俺や他の生徒を殺そうものなら、戦車《タンク》は確実にこの世界での信用を失うだろう。

その瞬間、光郷《こうごう》オリバーも終わりだ。

「選べ。可愛《かわい》い我が身か、光郷《こうごう》オリバーか」

戦車《タンク》にだけ聞こえるよう、俺はそう伝えた。

「なんで、エマちゃんがいないんだ？」

「あの情報、ガセだったのか？」

「折角のチャンスだったのに……」

男子生徒達が、生徒指導室で茫然《ぼうぜん》と立ち尽くす。

だが、戦車《タンク》は動く素振りを見せない。

「…………ああ、そうだ。一つ思い出したんだけどさ、久溜間道《くるまみち》君」

「なんでしょうか、能美《のうみ》先生？」

「鳳《おおとり》さんって、随分とシャイなんだね」

「どういう意味でしょうか？」

なんだ？　いったい、この男は何を企《たくら》んでいる？

ここで戦闘を起こそうものなら、お前は——

「まさか、ロープを使って生徒指導室からいなくなっちゃうなんてね」

「「「「「「「「「……………っ！」」」」」」」」」

　その瞬間、男子生徒達の目が怪しく輝いた。

　そして、即座に生徒指導室の窓へ向かうと……

「いたぁぁぁ!!　エマちゃんが、いたぞぉぉぉぉ!!」

「……へ？　きゃぁぁぁぁぁ!!」

「わっ！　まずいよ、これ！　エマさん、早く！　早くこっちに！」

「う、うん！　ありがとう、チヨちゃん！」

「よっしゃ！　俺もこのロープで……あぁ！　エマちゃんが窓から校舎に入った！」

「三階だ！　三階にエマちゃんがいるぞ！　お前ら、どけ！　俺が最初に……」

　まずい！　エマの居場所が特定された！

「行くぞ、おらぁぁぁ!!」「俺が告るんだぁぁぁ!!」「させるかぁ！　俺だぁぁぁ!!」

　暴徒と化した男子生徒が、一斉に三階へ向けて駆け出す。

　どうする⁉　俺が救援に向かうか？　いや、しかしだ……

「お〜っと、そういえば急用を思い出したぁぁぁ!!」

　一瞬の油断。俺の意識が男子生徒へ向いた隙を狙って、戦車《タンク》が走り出した。

　向かった先は男子生徒で賑《にぎ》わう廊下ではなく、窓だ。

　まずい！　あそこには、エマ達が脱出のために残したロープがっ！

「能美《のうみ》先生！　さっきの授業で分からないところがあったので、教えてくださ～い！」

即座に俺も窓から飛び出す。ロープを掴《つか》んだ直後に手の力を緩め、一気に下降。

ここで、戦車《タンク》を逃がしてしまっては全てが水泡に帰す。

奴《やつ》は、俺の秘密を知っている。もしこの情報を他の養子に渡されたら……っ！

「せい！」

瞬間、戦車《タンク》は一気に下まで降りるのではなく、先程エマとチヨが使用したであろう窓から三階の教室へと入っていった。しまった！　判断を……

「ん！　……ぐっ！」

咄嗟《とっさ》にロープを握る手に力を込め、速度を落とす。激しい摩擦で、掌《てのひら》に熱が走る。

すんでのところで、体を停止させることに成功した。戦車《タンク》は……

「え？　能美《のうみ》先生？　それに、久溜間道《くるまみち》も……。なんで、窓から……」

慌てて窓から入った俺の眼前に映ったのは、どこか気まずそうに停止する戦車《タンク》。

そして、困惑した眼差《まなざ》しを俺達二人へと向ける女子生徒だ。

「や、やぁ、君達。こんな所でいったい何を？」

「ここ、私達のクラスですし……。むしろ、こっちが色々聞きたいです」

生徒指導室の真下にある三階の教室は、俺達のクラス。

だからこそ、俺が窓を開けることができたわけだが……これはまずいぞ。

直正高校《ちょくせいこうこう》のほぼ全ての男子生徒はエマに殺到しているが、女子は別だ。

もし、彼女達に殺伐とした諜報員《エージエント》同士の戦いを見せてしまったら、戦車《タンク》だけでなく俺の信用までも失われ、雇い主である本当の後継者が……。

くそっ！　俺の顔面が平均以上に整っていれば、エマと同様の手段で女子生徒を誘導できたというのに……っ！　これが、優れた容姿を持たぬ者が味わう苦難か！

「さっきは、鳳《おおとり》さんと知らない女の子が入ってきて、今度は能美《のうみ》先生と久溜間道《くるまみち》。……なんで揃《そろ》いも揃《そろ》って窓から……」

クラスの女子生徒を代表してか、図書委員を務める霜月《しもつき》がそう尋ねた。

どうやら、エマとチヨは無事にここまで辿《たど》り着《つ》けていたようだ。

なら、彼女達は隠し部屋に――

「や、やばい！　人が来ちゃう！　これじゃ、隠し部屋には……」

「チヨちゃん、どうするの⁉　上からすごい音がするよ！」

「あぁぁ、間に合わない！　エマさん、走るよ！　とりあえず、下に逃げよう！」

「うん！」

どうやら、事態は俺が思っている以上に深刻なようだ。

これは、もしもの時のために用意していた策を使わねばならないかもしれないな……。

「あの、能美《のうみ》先生。どうして、窓から？」

「あ、あ～……。それは、ね……そう！　あれだよ！　久溜間道君《くるまみち》と個人授業をしてたんだ！　だよね、久溜間道君《くるまみち》？」

待て。これは、むしろ好機ではないか？

女子生徒の視線があれば、戦車《タンク》は妙なことができない。その証拠に足を止めており……

「はい、その通りです。ついては、個人授業の続きを希望します」

背後から、戦車《タンク》の腕を掴《つか》んだ。

よし。これで、この男を――

「ふっ！」

「ぐっ！」

瞬間、戦車《タンク》の肘が俺の顔面に直撃する。思わずよろめき、背中から机に衝突した。

この男、何を考えている？　一般生徒の眼前で戦闘行為をするとどうなるかは……。

「おっと、ごめん、久溜間道君《くるまみち》！　慌てて振り向いたら、うっかり当たっちゃったよぉ！」

おのれ……。その手があったかっ！

「ぎ、ぎにじないでぐだざい……。ところで、さっきの授業について聞いても？」

立ち上がり、戦車《タンク》の腕を再度掴《つか》む。

近くに立っている女子生徒達が何事かと見つめているが、気にしている暇はない。

「もちろんさぁ！　けど、ここで教えるのはアレだし――」

「そうですね。五階の職員室に移動しましょう」

職員室に行ければ、こちらが圧倒的優位に立てる。これで――

「はっはっは！　君は何を言っているんだ～い？　教えてほしいのは、さっきの授業でやったダンスだろう？　だったら、一階の体育館のほうが好都合じゃないか！」

えぇい！　余計な悪知恵の働く男だ！

「ねぇ、能美《のうみ》先生って美術の担当だよね？　なんで、ダンスを……」

「それ以前にあんなキャラだったっけ？　大分ファンキーになってる気がするけど……」

「じゃあ、僕は先に……」

「おっと、うっかり足を滑らせたぁ！」

「ぶべ！」

隙をつき逃げ出そうとしたファンキー戦車《タンク》だったが、それを許す俺ではない。足を滑らせたふりをして背中を全力で蹴り飛ばし、教室の外へ顔面から追い出してやった。

「大丈夫ですか、能美《のうみ》先生！　これはいけませんね。急いで五階の保健室へ……」

「心配ないさぁ！　このぐらい、授業で慣れてるからねぇ！」

「え？　能美《のうみ》先生って、授業でいつも鼻血出してるの？　どんだけハッスルしてるわけ？」

「さぁ？　てか、かかわりたくないし、放っておこうよ」

そんなクラスメートの声を背後に聞きながら、俺は教室のドアを閉めた。

よし。廊下に生徒の姿はない。これであれば……

「っらぁ！」

「がはっ！」

だが、それを考えていたのは戦車《タンク》も同じだった。

起き上がるふりをして、俺の腹部へ蹴りを一発。……やってくれる！

「お前のせいで、余計な誤解を生んだだろうが！」

「なんのことでしょうか？　ファンキーハッスル能美《のうみ》先生」

「ぶっ殺す！」

戦車《タンク》が拳を振るう。逃げるよりも先に、俺も無力化するつもりか。

いいだろう。ならば、あの時の決着を――

「なんかよく分かんないけど、とりま帰ろっか。ねぇ、帰りサイゼ寄ってかない？」

「いいね！　ちょうど期間限定の……」

「能美《のうみ》先生！　先程のステップは、これでいいでしょうか⁉」

「バッチリさぁ！　久溜間道《くるまみち》君！」

咄嗟《とっさ》に戦車《タンク》の拳を摑《つか》み、腰へと手を添える。戦車《タンク》も即座に俺の腰へ激しく手を回した。

直後、教室のドアが開く。

「うわ……。能美《のうみ》先生、何してんだろ……。あんな激しく男子生徒に密着して……」

ダメだ……。ここでは、人目につきすぎる。

少しでもダメージを与えられればと考えていたが……

「いくら美術教師だからって、ゲイ術爆発させすぎでしょ」

「……ぐっ！　ぐぐっ！」

精神的なダメージだけは着実に与えられている気がするが、何か間違っている気がする。

やはり、このままではジリ貧だ。……む？　戦車《タンク》は何をやっている？

なぜ、廊下に設置された窓を……まさかっ！

「しまったぞ～。ダンスの練習をしていたら、うっかり足を踏み外したぁ～！」

悪知恵の働く奴《やつ》だ！

「待って下さい、能美《のうみ》せんせぇぇぇい!!」

窓の鍵をあけ、戦車《タンク》が飛び出した。

当然ながら、俺も追う。校舎の三階から、お互いにもみ合いながら落下。

激しい衝撃が、背中へと走る。

「ってぇ！」「ぐっ！」

悶絶《もんぜつ》したい本能を抑え込み、即座に立ち上がる。戦車《タンク》も同じだ。現在位置は一階の校舎裏。

これは、好都合な場所だ。ここならば、誰も……いや、違う。

放課後の校舎裏には……

「え？　えぇぇぇ!?」

一人の女子生徒の声が響く。それは、吹奏楽部に所属する三年生……緑山《みどりやま》先輩だ。

突然、俺と戦車《タンク》が校舎から降ってきたものだから、唖然《あぜん》とこちらを眺めている。

「あの、能美《のうみ》先生、えと君も……大丈夫？」

心配そうに俺達を見つめる、緑山《みどりやま》先輩。放課後の校舎裏には、彼女がいた。

緑山《みどりやま》先輩は、吹奏楽部内で自分が足を引っ張っていると気に病み、新学期になってからは部活動には出ずに、この校舎裏で一人練習をしていたんだ。

実力をつけて、吹奏楽部のメンバーを安心させるために……。

「だ、大丈夫さ。ちょっとダンスの練習をしていただけだから」

「校舎から、二人で落ちてきたように見えたんですけど……」

「ちょっと特殊なステップをしていてね。体に激しい衝撃を加える。これが本当のブレイクダンスというものだよ。……だよね？　久溜間道《くるまみち》君」

「はい……。非常に勉強になりました」

どうする？　緑山《みどりやま》先輩の目がある以上、俺達は動けない。

この場から引き離す手段があればいいのだが……。

「ほら、早く行った。一人で練習するより、みんなで頑張らないと」

「でも……。私、実力不足なんです……。みんなに迷惑をかけてばかりで……。だから、一人で練習していたほうが……」

「くす……。君は優しいね」

瞬間、戦車《タンク》が穏やかな笑みを浮かべた。少し、吐血をしつつ。

「え？」

「上手になって、みんなを助けられるようになりたいんだろう？　大丈夫さ、君のその優しさはきっと吹奏楽部のみんなに伝わってる」

「の、能美《のうみ》先生……」

「だから、あとは勇気を出すだけ。きっと、みんな君が来てくれるのを待ってるよ。それにさ……迷惑をかけてもそばにいてくれる人。それが、本当の仲間ってやつじゃないかな？」

やるな、さすが聖職者の皮をかぶった諜報員《エージェント》。

「さ、早く行くんだ。大切な仲間達が、君を待ってるよ」

「ありがとうございます！　私、頑張ってみます！」

緑山《みどりやま》先輩は、何やら感動した表情を浮かべると、校舎裏を去っていった。

しかし、迷惑をかけてもそばにいてくれる者が本当の仲間だとすると……。

「戦車《タンク》。俺は、お前の本当の仲間ということか？」

「なわけないだろ！」

緑山《みどりやま》先輩が背中を向けた瞬間に、戦車《タンク》が牙をむいた。

容赦なく俺に向けて肘を振るう。咄嗟《とっさ》にかわすが、瞬間手が離れた。

「ああ、めんどくさい……。なんだって、僕がこんなガキと……」

「お前が、エマを危険にさらしたからだ」

「あんなバカな女、助ける価値はないと思うけどね」

「勝手に、エマを推し量るな」

「ありがと。イラッとしてくれたね」

「……つうっ！」

冷静さを欠いた瞬間、それを狙っていたのだろう。

右太腿《ふともも》に激痛が走る。戦車《タンク》の銃で撃たれたからだ。

「殺されないだけ感謝してよね。……じゃあ」

激痛でうずくまる俺を一瞥《いちべつ》し、戦車《タンク》が俺へ背を向けて駆け出した。

意識が朦朧《もうろう》とする。だが、この程度の痛みに耐えられないで、何が諜報員《エージェント》だ。

懐《ふところ》へと手を忍ばせて、俺は武器を取り出す。……エマ、借りるぞ。

「………てぇっ！」

校舎裏に、銃声が響く。生徒指導室で回収した、エマの小型拳銃の発砲音だ。

弾丸は、戦車《タンク》の肩部に直撃。しかし、出血はない。

彼女の小型拳銃に装填されている弾は、実弾ではなくゴム弾なのだから。

「って、これ実弾じゃなくて……」

だが、その隙が欲しかった。

痛みと困惑、その二つが生み出す一瞬の隙があれば……

「おおおおおお!!」

激痛の走る右足を踏ん張り、一気に距離を詰めて体当たり。

同時に、戦車《タンク》の握っていた銃が地面へと落ちる。

「根性、ありすぎだろ……」

「絶対に逃がさん」

戦車《タンク》の上半身に乗り、マウントポジションを取る。

このまま、一気に………っ！

「あっぐっ！」

右足に更なる激痛が走る。戦車《タンク》が俺の右足の撃たれた箇所に指を突っ込んだからだ。

「どけよ、うっとうしい」

「どく、わけがないだろう」

「なら、自力で何とかするわ」

「くそっ！」

抜け出された。立ち上がった戦車《タンク》は即座に銃を拾い上げる。

だが、俺は立ち上がれない。右足がもう限界だ。

這《は》いつくばり、上体を起こすが……

すでに戦車《タンク》は俺から距離を取り、銃を構えている。

「君の負けだね」

どうにか、俺も武器を構えるが……

「あぁ、それも生徒指導室で回収してたんだ。……無理じゃね？」

互いの距離は、目算三メートル。

銃を構えている戦車《タンク》に対して、俺が構えているのは……一本の警棒だ。

「武器は棒切れ一本。おまけで、右足はまともに動かない。君の負けだよ」

「…………」

戦車《タンク》が勝利を確信し、不敵な笑みを浮かべる。

概《おおむ》ね戦車《タンク》の言っていることは正しい。拳銃と警棒……戦力では圧倒的に俺が不利だ。

「せめて、さっきの銃にしときゃいいのに。まぁ、どっちにしろゴム弾じゃ——」

「お前の負けだ、戦車《タンク》」

「…………がっ！」

空気を詰め込んだビニール袋が破裂するような音が、校舎裏に響く。

同時に、戦車《タンク》は前のめりに倒れ地面と口づけを交わした。

「お、おま……その、警棒は……」

「山田《やまだ》さんの気持ちが、少しは分かったか？」

俺も戦車《タンク》も、これだけの騒ぎの中で互いの命を奪うことはできない。

故に、勝利条件は相手を行動不能にすること。

だからこそ、銃ではなくこの警棒を俺は自らの武器に選んだ。グリップに設置されているボタンを押すと、先端が射出され対象へ電流を流す警棒型テイザー銃。

その名も……

「チヨちゃんスペシャル。諜報員《エージエント》ですら、この有様《ありさま》か。すさまじい威力だな」

右足を引きずりながら、戦車《タンク》のそばまで向かう。

まだ、何とか立ち上がろうとしているようだが、もうまともに体を動かせないのだろう。

俺は、今度は直接警棒を押し当てる。

「あ……、あ……」

「じゃあな」

「〜〜〜っ！」

声にならない悲鳴を上げ、口から泡を吹きだしながら戦車《タンク》は意識を失った。

「任務完《ミッシヨンコン》プ——」

「シノォォォォォォォォォ‼」「シノ兄ぃぃぃぃぃぃぃぃぃぃ‼」

その時、少し離れた場所からすさまじい二つの絶叫が響いてきた。

男子生徒から逃亡していたエマとチヨが、校舎裏までやってきたのだ。

そうだ。戦車《タンク》を仕留めたとしても、この騒動を治めなければ終わりは来ない。

だとすると、……やるしかないか。

「エマ、こっちに来い！」

必死にエマへ呼びかける。すると、エマがそれに気づいたようで全速力でやってきた。

もはや体当たりに近い形ではあったが、俺はやってきた彼女の体を抱き止める。

再び右足に激痛が走る。今にも意識を失いそうだ。

「はぁ……。はぁ……。はぁ……。も、もう、無理……」

「づ、づがれだ……。シノ兄、なんとか、して……」

まだだ。まだ倒れるな。俺には、まだやるべきことがある。

「っしゃあ！　追いついた！　あのさ、エマちゃん、俺と——」

最初に追いついた男子生徒が、溌剌《はつらつ》とエマへ語り掛ける。

このまま、この男がエマへ愛の告白をしたら、エマは彼の恋人になるだろう。

しかし……

「鳳《おおとり》エマ。俺は君を愛している。だから、俺の恋人になってくれ」

「ひゃっ！」

大量の男子生徒がやってきた中、俺は彼女の目を真《ま》っ直《す》ぐに見つめ、そう伝えた。

この騒動を治める、唯一の方法。それは、エマに告白を受けてもらうことだ。

だが、他の男子生徒ではダメだ。彼らは、何も事情を知らないからな。

以前は、エマが俺へ偽りの告白を行い、今度は俺がエマへ偽りの告白をする、か。

まさか、こんなことになるとはな……。

「あ、あの、あの！　シノ……」

「エマ、もう一度伝える。俺は、君を愛している。君はどうだ？」

すでに、戦車《タンク》は戦闘不能。校内の刺客も母さんが全て仕留めてくれたと報告が入った。

ならば、これ以上暴動を続かせるわけにはいかない。最適な手段で鎮静化に当たる。

「えと、えっと……」

エマは演技派だな。

頬を赤らめてモジモジとしてくれるとは、リアリティしか感じられないではないか。

もし、エマの演技が見抜かれてしまってはと不安だったが、どうやら杞憂《きゆう》だったようだ。

「……わ、私も、シノが大好き、だよ……」

「「「「「「「はぁぁぁぁぁぁぁぁぁぁぁ⁉」」」」」」」

こうして、直正高校《ちょくせいこうこう》で起きた全ての騒動は解決の一途を辿《たど》った。

◇

俺が戦車《タンク》と戦闘を行っている中、父さんは光郷《こうごう》警備へ単身で攻め込み、光郷《こうごう》オリバーの身柄を捕捉。母さんは、七篠《ななしの》ユキを襲っていた刺客へとなりすまし、仲間のふりをして直正高校《ちょくせいこうこう》に潜んでいた刺客達二五名を無力化。

俺が、たった一人に手間取っている間に、二人は遥《はる》かに多くの刺客を仕留めていたという話を聞かされると、自分もまだまだ甘いと感じざるを得なかった。

「エマァア‼　怪我《けが》はなかった⁉　怖かったよね！　ごめんね！　ごめんねぇぇ！」

「ユキちゃん……。大丈夫……。その、シノが助けてくれたから……」

校舎裏へやってきた七篠《ななしの》ユキは、エマの姿を見るなり涙を流しながら抱きしめた。

「あ、ありがとう！　エマを助けてくれて、本当にありがとう！」

「問題ない。むしろ、エマがいなければ俺達は負けていた。彼女のおかげで、戦車《タンク》や光郷《こうごう》オリバーを捕らえることができたんだ」

光郷《こうごう》オリバーと魔術師《マジシャン》は、すでに父さんの手によって更迭済だが、戦車《タンク》達はまだ学校内。拘束はしているのだが、いかんせん人数が人数だ。

なので、俺達は光郷《こうごう》グループへと連絡をし、回収用のトラックが来るのを待っていた。

「シノ。足のケガ、大丈夫？　ごめんね、私が捕まっちゃったせいで……」

「ああ……。問題な……いぞ……」

つい抱きしめてやりたくなったのだが、エマの背後からすさまじい目で俺を睨《にら》みつける七篠《ななしの》ユキの姿を見て、思いとどまった。

ただでさえ、大きなダメージを負っているんだ。これ以上のダメージは避けておきたい。

「ママ、シノ兄、来たよ！　光郷《こうごう》グループの車！」

「なら、そっちの対応は私がやっておくわ。チヨちゃんは、先にお家《うち》に帰りなさい」

「え～。私もちゃんと最後まで……」

「ダメよ。怪我《けが》だって応急処置しかしていないし、パパがすごく心配してるんだから」

「うぅ～！　パパは心配しすぎなんだって！　このぐらい……」

「いいから、帰りなさい」

「は～い。じゃあ、シノ兄、私は先に帰るね！　エマさん、ありがとっ！」

「あ、うん……」

そう告げると、母さんとチヨは校舎裏から去っていった。

ひとまずは一件落着となればいいのだが……まだ、俺には仕事が残っている。

「え、えっと……。シノは……」

「君達に会わせたい人物がいるんだ」

「会わせたい人？　それって——」

「あらっ！　シノちゃんったら、怪我《けが》をしちゃってぇ〜！　お姉さん、心配だなぁ〜」

どこか気の抜けたような声で、校舎裏へやってきたのは藤峰《ふじみね》アン。

俺の怪我《けが》を眺めて、どこか楽しそうな声を出しているのに少し腹が立った。

「藤峰《ふじみね》さん？　なんで、藤峰《ふじみね》さんがここに……」

「そうだなぁ〜。ちょっとシノちゃんに愛の告白を……」

「……っ！　ダメ！　シノ、怪我《けが》をしてるし、さっき私に——」

「あはははは！　冗談だよ！　やっぱり、鳳《おおとり》さんはからかい甲斐《がい》があるねぇ〜！」

「〜〜〜〜っ！」

何やらよく分からないが、藤峰《ふじみね》のいたずらの被害にエマもあったようだ。

こんな状況で何をやっているのだと言いたいが、呼び出したのはこちらだ。

あまり、文句が言える立場ではない。

「それで、なんで藤峰《ふじみね》さんが来たの？」

恨めしそうな瞳を向けながら、エマがそう問いかけた。

「ご主人様が絶対に行くって言うから、仕方なくって感じかなぁ。あと、同僚の労《ねぎら》いに」

「ご主人様？　同僚？」

エマがそう問いかけると、藤峰《ふじみね》が不敵な笑みを浮かべた。

「暗号名《コードネーム》『隣人《ネイバー》』。それが、うちのもう一つの名前」

「………っ！　もしかして、藤峰《ふじみね》さんって……」

「そゆこと～」

以前から付き合いのある藤峰《ふじみね》は、俺と同じく光郷《こうごう》グループに雇われた諜報員《エージェント》だ。

しかし、彼女に与えられた役割は、俺とは異なっている。

「主な仕事は護衛《ボディガード》。あとは、たまにお灸《きゅう》を据えることかなぁ～」

「ボディガード……」

俺が囮《おとり》となり、藤峰《ふじみね》が護衛を行う。それが、中学時代から続いている俺達の関係だ。

そして、藤峰《ふじみね》の護衛対象こそが……

「シノ、放課後に校舎裏呼び出しって、普通はもっとロマンチックだと思うんだけど？」

その声は、エマの背後から響いた。

三つ編みにスクエア型の眼鏡を身に着けている前時代的なファッションではあるが、どこか気品のある佇《たたず》まいをしており、近寄りがたくはあるが非常に整った顔立ちをしている。

彼女は……

「リンちゃん？」

「ギャラリーは大勢。おまけに、呼び出した男は足に大怪我《けが》。ロマンの欠片《かけら》もない」

エマの言葉には答えず、無機質な眼差《まなざ》しを影山《かげやま》は俺へと向けた。

「なんで、こんな場所に呼び出したわけ？」

「君に大切な頼みがあって、適切な場所を選んだつもりだ」

「ふーん……。それって、私にとっても好都合な頼み？」

「いや、不都合極まりない頼みだ」

「最悪じゃん」

言葉ではそう言いながらも、影山《かげやま》はどこか楽しそうな声色でそう告げた。

俺は、よく彼女の機嫌を損ねてしまうのだが、今日に限っては大丈夫らしい。

そうして、俺との軽い会話を終えたタイミングで……

「エマ、私の家の都合に巻き込んじゃってごめんね」

エマに対して、深く頭を下げた。

「……っ！　じゃ、じゃあ……、もしかしてリンちゃんが……」

「うん、そういうこと」

混乱するエマへ、首を縦に振ることで答えを提示する。

そう、影山《かげやま》の本当の名前は……

「光郷《こうごう》リン。それが、私の本当の名前」

彼女こそが、本物の光郷《こうごう》ヤスタカの隠し子。

将来的には、光郷《こうごう》グループの実権や遺産を全て引き継ぐ存在だ。

だからこそ、俺は彼女の正体に気づかれないために、普段からできる限り接点を持たないようにしているのだが、どうにもそれが上手《うま》くいっていない。

「リンちゃんが、光郷《こうごう》グループの後継者……」

「ごめんね、ずっと内緒にしてて……」

「う、ううん！　平気だよ！　その、今日みたいなことがあるなら、内緒にしてたほうがいいと思うし……」

「ありがと。やっぱり、エマは優しいね。どこかの誰かと違って」

心なしか、最後の一言にすさまじい棘《とげ》を感じた。

「で、用件は何？」

先程までエマに向けていた穏やかな笑みから一転、冷ややかな表情を俺へ向ける。

「君から提示された任務を達成するために、君の協力が不可欠だ」

これまで、様々な任務を俺達に指示していたのは、全て影山《かげやま》……いや、光郷《こうごう》リンだ。

そして、今回彼女から提示された任務は『鳳《おおとり》エマを、光郷《こうごう》グループに取り入れろ』。

その任務は、まだ達成されていない。

「君が引き継ぐ遺産から、一〇億円ほど支援してほしい」

「どんな協力？」

「……っ！　シノ！」

「何のために？」

「鳳《おおとり》エマの妹……鳳《おおとり》ミライを救うためにだ」

「そうしたら、任務は達成できるの？」

「保証はない」

「……本当に、不都合極まりない頼みだね」

俺に残された最後の手段。それは、影山《かげやま》との直接交渉だ。

といっても、こちらから交換条件として提示できるものなど何もない。

彼女は俺……いや、久溜間道家《くるまみちけ》の雇い主であり、俺はその命令に従う存在なのだから。

「あ、あの！　私からもお願いします！　ミライを、ミライを助けて下さい！」

「お願いします！　どうか、どうかミライを……っ！」

エマと七篠《ななしの》ユキが、影山《かげやま》に対して頭を下げる。七篠《ななしの》ユキに至っては、土下座までする程だ。

「これで断ったら、私が悪者みたい……」

「そうだな」

「随分と楽しそうだね、シノ」

「そんなことはない。これでも決死の覚悟でやっている」

本来であれば、こんなことするのはご法度《はっと》だ。

守るべき相手を危険にさらし、まったく意味のないことに大金を使わせようとする。

よくて解雇。最悪の場合、命すら奪われかねない状況だ。

「前にも言ったよね？　お金は努力じゃなくて結果に……」

「必要経費というものもあるだろう？」

「これ以上、経費をかける必要はない。本当の任務は、もう達成できてるし」

「どういう意味だ？」

「シノとエマが恋人になったことで、光郷《こうごう》オリバーをあぶりだせた」

「……ならば、君は最初からエマを囮《おとり》に？」

「そうだよ。エマが囮《おとり》になれば、反乱分子の誰かが絶対に動くと思ってた。だから、私は今回の任務を出したの。そうすれば、シノへの危険も減らせるしね」

「君は、いったい何を考えて……っ！」

胸の内から怒りが湧く。エマを囮《おとり》にして、俺への危害を減らすだと？

確かに、光郷《こうごう》グループの反乱分子は潰せた。だが……

「命の重さは平等じゃない。シノとエマ、私の中で優先順位が高いのはシノだから」

「別の方法もあったのではないか？」

「それを本気で言ってるから、私はシノに怒ることが多い。ほんと、シノって最悪」

「なんだと……？」

なにを不貞腐《ふてくさ》れている？　怒りたいのはこっちのほうだ。

エマを危険にさらすなどと……

「まぁまぁ！　リン様もシノも落ち着いて。喧嘩《けんか》をする場所じゃないでしょ？」

咄嗟《とっさ》に、藤峰《ふじみね》が俺と影山《かげやま》の間に入った。

「けど、今のはリン様も悪いですよ。ちゃんと正直に言わないから」

ん？　どういうことだ？

「藤峰《ふじみね》、余計なことを――」

「ダメです。嘘《うそ》つきのリン様にお灸《きゅう》を据えるのも、私の仕事の一つですから」

そう言って、藤峰《ふじみね》は意地の悪い笑みを浮かべた。

「ねぇ、シノちゃん、覚えてる？　シノちゃんと鳳《おおとり》さんが恋人になった後の月曜日。うち、聞いたじゃん？『天使ちゃんに、なんて告られたの？』って」

「ああ。そういえば、そうだったな」

そして、俺は『不器用ながらも、一生懸命なところが良《い》いと言ってもらえた』と伝えた。

「あれが、この任務の始まり。リン様は知りたかったんだ。鳳《おおとり》さんが何を考えているかを」

「意味が分からん」

あの告白は偽りだった。理由など、何でもいいはずだ。

「その後も、大変だったんだよ？　恥ずかしがり屋のリン様のせいで、うちが直接調べに行くことになったりしてさ。でも、その結果……鳳《おおとり》さんは無事に合格した」

「……………」

普段は冷静沈着な影山《かげやま》が珍しく、頬を朱色に染めている。

「同じだったからね。リン様と鳳《おおとり》さんが大好きなものを好きな理由が」

「……っ！　それって、リンちゃんも……っ！」

「うん。そうなんだ。だから、エマと仲良くなりたくて……」

エマと影山《かげやま》が好きなものを好きな理由が同じ？

もしかして、影山《かげやま》は密《ひそ》かにチェスを嗜《たしな》んでいるのか？

それであれば、エマはいい対戦相手になるだろうが……

「恩人系ドぐされ元ＡＴＭ様め……」

なぜ、七篠《ななしの》ユキは鬼の形相で俺を睨《にら》みつけているのだろう？

つい先程まで、泣いて感謝の弁を述べていたはずなのだが……。

「藤峰《ふじみね》、もういいでしょ？　それ以上は……」

「でしたら、ちゃんと自分の口からお伝え下さい。この任務の本当の目的を。折角、自分で頑張って鳳《おおとり》さんと友達になったのに、無駄になっちゃいますよ？」

「…………分かったよ」

長い沈黙の後、小さく影山《かげやま》がそう言った。

「先に言っておくけど、いくら私でも私情でグループのお金を使うことはできない。それも、一〇億なんて大金なら尚更《なおさら》にね」

そうだったのか……。いや、考えてみれば当たり前だな。

実権や遺産が相続されるのは、影山《かげやま》が高校を卒業してから。

それまでの間、彼女もまたその力を試されているんだ……。

「だから、功績が必要。一〇億に見合う功績がね」

「では、難しいということか？」

「功績が見合ってなければね。だから、申請は通らなかったでしょ？　シノもユキさんも」

「……っ！」

そうだ……。影山《かげやま》が、知らないはずがないんだ。

かつて、七篠《ななしの》ユキが鳳《おおとり》ミライを救うために手術費を申請したことを。

「久溜間道《くるまみち》さん達は優秀すぎるのが、たまに困りもの。エマの目的が知られたら、シノが絶対に余計なことをすると思ってたから隠してたのに、しっかり調べ上げてくるし……」

まさか、この任務の本当の目的は……。

「鳳《おおとり》エマさん」

「は、はい！」

「危ない目にあわせてしまって、ごめんなさい……。だけど、この任務は貴女《あなた》自身に達成してもらう以外に道がなかった……。もしも、久溜間道《くるまみち》さん達の力だけで解決してしまっていたら、それは貴女《あなた》の功績に繋《つな》がらないから……」

「私の、功績……」

「はい。貴女《あなた》が囮《おとり》として動いてくれたおかげで、光郷《こうごう》グループに仇《あだ》なす反乱分子を無力化することに成功しました。それは一〇億円に値する、素晴らしい功績です」

「………っ！　じゃあ、じゃあ……」

最初から、全て影山《かげやま》に仕組まれていたんだな……。

俺とエマが恋人として振舞えば、反乱分子が動く。

そして、その反乱分子を潰すことができれば、それはエマの手柄になるから……。

「光郷《こうごう》グループは、喜んで鳳《おおとり》ミライの手術費を提供しましょう」

「あっ！　あぁぁぁぁぁぁぁ!!」

エマがその場で泣き崩れた。七篠《ななしの》ユキも同じだ。

「あ、ありがとう！　ありがとう、リンちゃん！　本当に、本当にありがとう!!」

感情のままに影山《かげやま》に抱き着くエマを、影山《かげやま》は優しく抱きしめた。

「今度こそ、本当の友達になれたかな？」

「うん！　リンちゃんは、私の大好きなお友達！」

しかし、一つだけ疑問が残る。そもそも、なぜ影山《かげやま》はエマを助けようと思ったのだ？

彼女からすれば、特に興味のない相手だと思うが……。

「これからもよろしくね、エマ」

「うん！　……うんっ！」

ハッ！　そうだ、思い出したぞ。

影山《かげやま》もエマも、恋愛術の専門家《スペシャリスト》だったではないか。

加えて、二人とも揃《そろ》って優れた容姿をしている。つまり……

「なるほどな……。どちらが男を魅了できるか、競い合いたいということか」

「根本的に何か間違えつつも、しっかりニアピンだね、シノちゃん」

なぜか分からないが、藤峰《ふじみね》から侮蔑の眼差《まなざ》しを向けられた。

「で、最後にシノだけど……」

エマを抱きしめながら、影山《かげやま》が俺に冷たい眼差《まなざ》しを向ける。

「シノは、今回ミスが多すぎ。反乱分子の策にはまってエマを人質にとられるし、直正高校《ちょくせいこうこう》でとんでもない騒ぎを起こすし……危うく全てを失うところだった」

「返す言葉もない……」

「つまり、ペナルティを受ける覚悟はできてるわけだ？」

「ああ」

もう、俺は直正高校《ちょくせいこうこう》にいられないかもしれないな。

できることなら、コウとラーメンを食べに行きたかったが……。

「だったら、そろそろ私のお願いを聞いて」

「む？　それは……ペナルティとしては、不十分だと思うが……」

「物事の価値は、人それぞれ違うの。私にとって、それは一〇億以上の価値があるから」

相変わらず、影山《かげやま》は聡《さと》いのかそうでないのか、判断に苦しむな。

しかし、それが今回のペナルティであるというのなら……

「色々とミスをしてすまなかった。……リン」

「いいよ、特別に許してあげる。……シノ」

そう言うと、リンは優美な笑みを浮かべた。

エピローグ

太陽と影

あれからのことを少し話そう。

あの日、光郷《こうごう》グループによる援助により、鳳《おおとり》ミライの手術が行われることが決定した。

かなり特殊な手術らしく、助かる可能性は多く見積もっても五分程度だったそうだが、無事に手術は成功。鳳《おおとり》ミライの命は救われた。

今は、ロンドンの病院で安静にしているが、容態が安定したら彼女も日本に来るらしい。

七篠《ななしの》ユキは、光郷《こうごう》製薬へ復職。これには、彼女自身の功績と人格が大きく影響している。

さすがは、ヤスタカ様の元養子と言うべきか。彼女が光郷《こうごう》製薬にいた頃に開発した薬品は、今でも光郷《こうごう》グループに大きな利益をもたらしており、その功績に加えて（俺には少々信じがたいが）七篠《ななしの》ユキはかなりの人格者として通っていたようで、社内でも彼女の復帰を望む声が非常に多かったそうだ。なので、以前のロンドン本社ではなく今度は日本支社で。

再び開発室長としてその腕を振るうこととなった。

ただ、これには少しだけエマの事情も含まれているが。

エマは、リンからの一〇億を借金という形にしてもらったんだ。

――今回のことは、私の力じゃない。ほとんど、シノ達のおかげだから。

リンはそんな風に考える必要はないと伝えたのだが、意地っ張りのエマだ。

最終的にはリンが根負けし、エマは一〇億円を借金という形で自ら背負った。

なので、今は七篠《ななしの》ユキと協力し、借金返済のため光郷《こうごう》グループに協力することになった。

そんな彼女に与えられた仕事だが……

「おはよう、エマ」

「おはよう、シノ！」

朝、いつもの公園で俺とエマは合流する。

互いの目的を達成した時点で、俺達が偽りの恋人関係を続ける必要はないように思えたのだが、そうはならなかった。

「エマ、本当にこれでよかったのか？」

「うん！　私もシノのお手伝いをする！　借りたものは、ちゃんと返さないとね！」

暗号名《コードネーム》『太陽《サン》』。それが、鳳《おおとり》エマの新たなもう一つの名。

彼女は諜報員《エージェント》として、これから俺達に協力することになったのだ。

――反乱分子はまだいるんでしょ？　だったら、私が囮《おとり》になるよ！

今後も襲ってくるであろう、光郷《こうごう》グループの養子達が雇った刺客達。

そんな時に、エマが俺の恋人として存在することで、囮《おとり》としての役割を果たす。

最初は、俺も七篠《ななしの》ユキも危険だからイギリスに帰るよう説得していたのだが……

——やだ！　恩を返さないで、一人で安全な場所になんていたくない！

そう言って、頑として譲らなかった。

「はぁ……。別れたって聞いたのに、結局こうなるのかよぉ……」

「不幸すぎる……。あいつ、呪われないかな……」

今日も登校すると告げられる、怨嗟《えんさ》の言葉。

相変わらず、エマの人気はすさまじいな。

…………

……

昼休み。今日も屋上で合流し、共に昼食をとる俺とエマ。

屋上の入り口に潜んでいる人数は……全部で一三人。過去最高記録だ。

「シノ、今日もお弁当、作ってきたよ！」

「ありがとう」

もしかしたら、あの一三人の中に光郷《こうごう》グループが雇った課報員《エージエント》がいるかもしれない。

だからこそ、油断は禁物。常に、本当の恋人同士と思われるよう振舞わなくてはな。

が、以前よりもこの任務の遂行は、遥《はる》かに楽なものになった。

なぜなら、これからはエマも協力的に、俺と恋人のふりをしてくれるのだから。

「あ、あのさ、……シノ！」

「どうした、エマ？」

エマが頬を朱色に染めながら、俺へとそう問いかけた。

「も、もしかしたらだけどさ……、私達の関係を疑う人が出てくるかもしれないよね？」

「……ふむ。確かにその通りだ」

「で、でしょ！　だからさ、もっとちゃんと恋人らしいことをしたほうがいいと思って……」

「異論の余地はないな。して、具体的に何をする？」

「そ、そうだね！　じゃあ、キ、キ、キ……」

「なるほど、キスか」

「シノ、声がおっきい！」

君から言い出したことだというのに、いったい何を言っている？

しかし、この提案は素晴らしいものだ。

恋人同士は、キスをする。

これを他の生徒にも見せつければ、確実に俺達が恋人だと信じるはずだ。

クックック……。ならば、見せてやろうではないか。

一流の諜報員《エージエント》たる俺による、最高のキスを。

「では、早速作戦を実行しよう」

「え！　も、もうするの⁉　心の準備が……っ！」

「案ずるな、エマ。むしろ、準備などしないほうが好都合だ」

「へ？　どういう、こと？」

「俺が目論《もくろ》んでいるのは、史上最高の口づけ……うっかりキスだ。俺に弁当を食べさせるそぶりを見せたら、よろけて倒れろ。その際に俺も偶然を装《よそお》いよろけ、君の唇を見事に自らの唇に合わせてみせよう。案ずるな、多少の誤差はこちらで調整する」

「………」

俺は、日々成長する男だ。最近では少女漫画だけに限らず、少年恋愛漫画も熟読する習慣を身に着けた。そうすると……いやはや、奥深い。

思っていた以上に、少女漫画とは異なる文化が為《な》されており、俺も見聞が広がった。

「それと、屋上の隅に強力扇風機を設置しておいた。唇を重ね終わった後は突風が吹き荒れ、君の下着を俺が凝視するというプランまで練りこまれている」

「あのさ、シノ……」

「ふっ。君の懸念《けねん》は分かっている。俺が、性欲に流されるのではと不安なのだろう？　……が、問題なしだ。俺は一流の課報員《エージェント》だ。君の下着を見た程度で、性的欲求など微塵《みじん》も湧かない」

「……っ！　そ、そう……。ドキドキしないんだ……」

「ああ、そうだ。それと、もう一点思い出したのだが、今後のため、君には防具を所持してもらったほうがいいと考えた。そこで、チヨに依頼をして防弾式のブラジャーを作製してもらっている。これが俗に言う、勝負下着というやつだな。というわけで、さっそく……」

「シノのバカァァァァァァ！」

なぜか分からないが、全力でエマから怒られた。

「そ、そんなの別にいらないの！」

「なぜだ？　女は重要な時に勝負下着を着用するのだろう？　防弾ブラジャーは……」

「そっちじゃない！」

「ならば、どっちだ？」

「そこまでの話！　キスとか下着を見せるとか！　そんなことしなくても、私はシノが……」

「俺がどうした？」

「〜〜〜っ！　もう、知らない！　シノは、もっとちゃんと勉強しなさい！」

バカな！　俺の訓練が未熟だったというのか？

いや、しかし、おかしいではないか。そもそもキスを提案したのは……む？

なにやら、リンからメッセージが届いているな。

『念のため言っておくけど、任務のためだとしても、エマに変なことをするのは禁止だから。キスとか、そういうのね。あと、たまには私もお昼ご飯に交ぜて』

あの女は、いったい何を考えている⁉　君を守るためにも、確実にエマと恋人であると周りを信用させなくてはならないというのに、昼食の同伴を希望するだと⁉

これだから、訓練を受けていない素人《しろうと》はっ！

「シノ、そんなことしなくても、私達は恋人同士！　だから、変なことはしなくてもいいの！」

「さっきと言っていることが違うではないか」

「……っ！　と、とにかく、そういうことなの！」

「では、デートはどうだ？　最近、とある筋から課報員《エージェント》ひしめくビルを制圧した後、社長室から見る夜景は格別だったと聞いた。達成感と充実感を同時に味わえるとか……」

「なに、その変な提案！　その人、絶対間違ってる！」

「そんなはずはない。俺達の世界で最高と言われている、超一流の課報員《エージェント》の情報だぞ」

「とにかく、ダメなものはダメ！　シノは、もっと色々勉強しなさい！」

むぅ……。俺は、まだ勉強不足だったのか。

恋愛という任務が、こうも難しいものだとは……。

「まったく、シノは……。ふふふ……」

分からん。なぜ、エマはこうも上機嫌な笑みを浮かべている？

「これからも、一緒に素敵な思い出を作っていこうね、シノ！」

だが、その笑顔は課報員《エージェント》ひしめくビルの社長室から見る夜景以上に、俺へ達成感と充実感を与えてくれた。

「ああ。もちろん、そのつもりだ、エマ」

まだ、俺にはやるべきことが多く残されている。

だが、高校を卒業し、リンが光郷《こうごう》グループを正式に引き継ぐことができれば、辿《たど》り着《つ》けるかもしれないんだ。……俺の夢である、『家族との平穏な日常』に。

そこに、エマもいれば……というのは、俺の我儘《わがまま》なのだろうな……。

あとがき

どうも、駱駝《らくだ》です。

このあとがきには、物語のネタバレが少々含まれておりますので、ご注意下さい。

最初の1ページ目には書かないようにしてあるので、そこまでなら読んでもセーフ！

ですが、そのから先にはちょっぴりネタバレが含まれています。

それでは、いざあとがきへ！


この度は、『やがてラブコメに至る暗殺者』をご購入いただき、誠にありがとうございます。

初めましての方も、そうでない方も、楽しんでいただけたでしょうか？

もし、少しでもお楽しみいただけたのであれば、それで私は充分に幸せでございます。

五月一四日現在、私はどのタイミングで自分のツイッターに伝えようか悩んでいます。

一応、もうタイトルは発表されているし、伝えてもいいよな～。

でも、塩かずのこさんのイラストはまだ公開されてないし、公開されてからのほうがいい気もするよな～なんて、悶々《もんもん》と悩む日々を過ごしています。

たまに頑張ってみるのですが、どうもすぐにやめてしまうのが私のツイッター。

頻繁に更新できる方はすごいなと、尊敬しています。

とまぁ、そんな私のSNS事情はさておき、この作品についてのお話を。

実は、この作品の原案ができたのは二〇二〇年だったりします。

初期案の頃は、『奇跡の石』と呼ばれる不思議な石に選ばれた人間は、特殊な力を手に入れて、その力を使って他の『奇跡の石』の所有者から石を奪い、全ての『奇跡の石』を集めたら、どんな願いでも叶《かな》えられる。そして、シノとエマはそれぞれ『奇跡の石』の所有者に選ばれて、お互いの石を奪うために、偽《にせ》の恋人を演じる。

そこから現在の形に至るまでも、編集さんと共に様々なアイディアを出し合い、ああでもない、こうでもない、ついでにいざ書いてみたらいまいちだから全部書き直そうなどという様々な紆余《うよ》曲折《きよくせつ》を経て、現在の形へと落ち着きました。

修正前の原稿では、シノだけでなく、久溜間道《くるまみち》ダンや久溜間道《くるまみち》イズナの戦闘シーンなども描写していたのですが、「あれ？　これ、シノより活躍してない？　ついでに、本編の物語の邪魔になってない」という結論に至り、まるっと全てなくなったりもしました。

なので、いつか二人の戦闘シーンなどもしっかりと描きたいなと考えております。

他にも、色々と溜《た》めてあるアイディアがあるので、それらを全て描き切れるようこの作品が広がっていけば喜ばしいことだなと。

広がらなかったら……まぁ、別の機会で！

では、謝辞を。

『やがてラブコメに至る暗殺者』を購入していただいた皆様、誠にありがとうございます。

すでに二巻の執筆もスタートしておりますので、発売した際には是非とも、是非ともよろしくお願いします！　とても面白い話になっていますので！

塩かずのこ様、非常に素敵なイラストをありがとうございます。

自分の頭の中でおぼろげだったシノ達が、明確な姿をもって現《あら》われたことには感動しました。

また、私の指定がへたくそすぎて、髪の長さを調整させてしまい申し訳ありません！

担当編集の皆様、今回も尽力いただき誠にありがとうございます。

今後も、引き続きよろしくお願いいたします。

駱駝《らくだ》

◉駱駝著作リスト

「俺を好きなのはお前だけかよ①〜⑰」（電撃文庫）
「シャインポスト①〜③
ねえ知ってた？　私を絶対アイドルにするための、ごく普通で当たり前な、とびっきりの魔法」（同）
「やがてラブコメに至る暗殺者」（同）

本書に対するご意見、ご感想をお寄せください。

ファンレターあて先
〒 102-8177　東京都千代田区富士見 2-13-3
電撃文庫編集部
「駱駝先生」係
「塩かずのこ先生」係

本書は書き下ろしです。

電撃文庫

やがてラブコメに至《いた》る暗殺者《あんさつしゃ》

駱駝《らくだ》

◇◇◇

2023年7月10日　初版発行

発行者　山下直久
発行　株式会社KADOKAWA
〒102-8177　東京都千代田区富士見2-13-3
0570-002-301（ナビダイヤル）
装丁者　荻窪裕司（META＋MANIERA）
印刷　株式会社暁印刷
製本　株式会社暁印刷

ISBN978-4-04-915079-7　C0193　Printed in Japan

電撃文庫　https://dengekibunko.jp/

電撃文庫創刊に際して

文庫は、我が国にとどまらず、世界の書籍の流れのなかで〝小さな巨人〟としての地位を築いてきた。古今東西の名著を、廉価で手に入りやすい形で提供してきたからこそ、人は文庫を自分の師として、また青春の想い出として、語りついできたのである。

その源を、文化的にはドイツのレクラム文庫に求めるにせよ、規模の上でイギリスのペンギンブックスに求めるにせよ、いま文庫は知識人の層の多様化に従って、ますますその意義を大きくしていると言ってよい。

文庫出版の意味するものは、激動の現代のみならず将来にわたって、大きくなることはあっても、小さくなることはないだろう。

「電撃文庫」は、そのように多様化した対象に応え、歴史に耐えうる作品を収録するのはもちろん、新しい世紀を迎えるにあたって、既成の枠をこえる新鮮で強烈なアイ・オープナーたりたい。

その特異さ故に、この存在は、かつて文庫がはじめて出版世界に登場したときと、同じ戸惑いを読書人に与えるかもしれない。

しかし、〈Changing Times,Changing Publishing〉時代は変わって、出版も変わる。時を重ねるなかで、精神の糧として、心の一隅を占めるものとして、次なる文化の担い手の若者たちに確かな評価を得られると信じて、ここに「電撃文庫」を出版する。

1993年6月10日
角川歴彦